家人相互靠近的練習

廖玉蕙 著

目錄

夫妻

第二部

父母和子女

第三部

隔代教養

推薦序

補修一堂沒上就要應試的學分

李偉文 牙醫師、作家、環保志工

哲學家叔本華曾經講過一個寓言：

在寒冷的冬天裡，一群冷得發抖的豪豬擠在一起取暖，牠們發現被彼此的刺扎痛，但是退開之後又覺得冷，在經過無數次的進進退退之後，這些豪豬終於發現了能夠彼此取暖，又不致於扎痛對方的安全距離。

這個寓言故事用在家人身上最合適了，因為家人就像那群風中相伴的豪豬，不得不緊靠在一起，但是彼此的距離若拿捏不準，卻又容易受到傷害，也有人認為，家人是上天給我們的禮物，因為所有人際互動中，只有家人的關係是我們無法選擇的，所以是上天給我們的禮物。

的確，我們沒有辦法選擇誰是我們的父母，我們也沒辦法選擇誰來當我們的子女，甚至連兄弟姊妹手足之情，也是命定的，除此之外的人際關係我們都可以主動選擇。不喜歡這個朋友，就不要跟他當朋友就是了；不喜歡這個老闆，大不了離職，彼此就再也沒有關係了。唯獨家人，是任何人一出生就被決定了，彼此若相處得好，就是上天給我們的禮物；若是在互動過程中傷痕累累，也許我們就寬慰自己，這是上天給予我們的課題。

是禮物或是課題，有沒有可以努力的空間？古人告訴我們的「男主外女主內、父慈子孝兄友弟恭」這些簡單的規約，在越來越複雜的時代裡，早已不夠用了，因此，「家人相互靠近的練習」應該是每個現代人都該補修的一堂課，這是一堂我們完全沒上就要上場應試的必修課。

我在閱讀廖老師精彩生動的故事時，或是拍案叫絕或是擲書長嘆，往往有「世事洞明皆學問，人情練達即文章」的豁然開朗，也想起近百年前轟動華人世界的一本奇書《厚黑學》，當年李宗吾以風趣又尖酸的筆調戳破華人世界千百年來虛偽的道德觀，書一出版真可謂是洛陽紙貴。廖老師的文字，當然不像李宗吾那麼憤世嫉俗，相反的，下筆充滿了溫暖與體貼的理解，但是兩人洞察人心的敏銳度是一樣的，這在書裡第一部分的「夫妻」及第二部分的「父母和子女」表現的最明顯。

至於第三部分的「隔代教養」更是引領當代趨勢的領頭羊。過去我們總對隔代教養有負面的批評，因為那往往代表了父母將孩子丟給思想落後甚至目不識丁的鄉下長輩看顧，但是廖老師卻以「隔代教養」這個舊名詞賦予新時代的意義，宣示擁有高學歷而且好學勤奮、思想進步的戰後嬰兒潮世代，已逐漸變成祖父母的角色，這群擁有資源且身體健康的時髦爺奶，如何陪伴自己的孫兒孫女，這本書吹起了衝鋒的號角。

其實我們在人生不同階段，都有必須學習的課題，就像廖老師所說的，都需要一連串「敏感發現、思考、辨別及愛的履踐過程」，如果這是人人都要修的功課，就需要練習，或許就從這一本書開始吧！

推薦序

家

賴芳玉　律師

關於家，很多人用不同的角度形容它。當代最夯的就是心理學家探討「關係」，以及家帶來的各種形式的新舊「創傷」。

但我很喜歡這本書，原因有點特別。

那就是久違的美德。廖老師是我們那年代的前輩，關於婚姻家庭關係的事，她娓娓道來時，溢出的是潛藏在那年代內化的核心價值，任世代的快速變化也無法移動。文中多次提到她的先生個性親和敦厚，對岳母發自內心的關切，以及對她的欣賞與愛護，而廖老師看懂也珍惜著伴侶間的愛，並帶著濃重的感謝。這股美德凝聚成家內的重要力量，牽動著他們與孩子，以及孫子間的關係。一代接著一代。

我喜歡她和孩子為了幫先生圓夢的描述。

「人生如果可以重來呀？……嗯！不會再想從事理工的行業了，大概會試試自己是否能畫畫吧！」

「為家庭付出了半輩子的他，有足夠的資格得到他想要的東西，我們偷偷四處找……為他購得了一個小小的畫室……」

「……他站在裝潢過後的畫室裡，環顧左右，恍如夢寐，驚喜地掉下淚來。」

這一段過程，我們或許可以用薩提爾冰山理論應證什麼是真正的對話，也可以用許多親密關係諮商的理論描述這個互動，但力道遠不如這個真實畫面，讓我們深思什麼才是回應的愛。

我喜歡書中提到那年代老夫老妻的生活趣味。

一位年已九旬的妻子，每次和先生生氣，最後必回歸到六十多年前的往事：

「你別想和我和稀泥！大陸撤退那年的一月八日下午兩點到四點，你到哪裡去？到現在行蹤還沒交代清楚，別以為我老了，什麼都不記得了！」「……除非他把那天的行蹤交代出來，要不然，別想我饒過他！」

好吧，雖然我看到這段小故事捧腹大笑，但廖老師是為了提醒沒有十全十美的人生，不要陷溺在缺憾的沮喪中。

我喜歡書中刻劃家庭內說不出的愛，但都看得清清楚楚。

廖老師決定離開教職，心情鬱卒，站在四樓窗口發呆，發現晚歸的兒子正開車入巷裡，她下樓對著正倒車停駐的兒子說：「心情很糟哩！怎麼辦？睡不著哪！」兒子把停好的車子又開出，說：「上來吧！我帶你繞幾圈，聊聊！」

次日傍晚，兒子若無其事地提議去貓空看星星，那晚，她突然想起十九年前也是繁星點綴的深夜，那位大聲啼哭著的男娃兒。她百感交集，低聲跟丈夫耳語：

「也許有那麼一天，我會迷失在某個街頭，他會在警察的通知下，趕到那個狂亂的街頭，然後溫柔地低頭牽起我的手，朝我說：『媽！我們回家吧。』」

她丈夫回：「誰也不敢保證不會有那樣的一天。」

我喜歡書中描繪出家的支持力量。

她提到兩個孫女海蒂和諾諾。

「那日正好是中元節……海蒂忽然舉起手上媽媽為她求來、戴在手腕上的紅絲線，問阿嬤：『阿嬤，你要對著紅絲線跟死去的姨婆說說話嗎？』阿嬤聽了，心裡一動，眼眶瞬間紅了起來……」

「走到十字路口，一陣風吹過來，紅燈亮起……諾諾說：『我們來玩加油的遊戲吧！』她先伸出左手，阿公繼之伸出左手，接著姊姊、阿嬤，然後又是諾諾的右手……八隻手交疊著，大家都弓著身子一起喊：『加油！加油！加油！』阿嬤的眼眶又紅了。」

家，就是生活中一個一個小故事，堆砌出來的愛，隱微卻凝聚出堅不可摧的力量，綿長又悠久，一代接著一代。

自序

對愉悅家庭的想望

母親在十五歲那年投入婚姻，當時，父親二十歲。

父親在鎮上開了間小雜貨舖，拿來給女方相親的照片，鼻粱上架著圓弧形眼鏡，書卷氣濃厚，神似民初的徐志摩；母親提供給男方的照片則是伏案裁縫的側照，眉眼清晰，狀貌秀婉；媒婆誇說她是豐原最貌美的車掌，也是她父親最鍾愛的掌上明珠。這樁看似郎才女貌的婚姻，其後證明雙方都被外表的假象綁架。據我父親的回憶，他完全是當年相親的受害者。他常惆悵地跟我們投訴：

「彼工早起（那天早上），我綴（隨）媒人婆仔行入去in厝（她家）的時，遠遠看著伊坐佇戶模（門檻），雙手抱一隻白貓仔。看著阮去，伊微微仔笑。我叫是（以為）伊是偌（多麼）溫柔的查某囡仔咧；啥知娶轉來了後，才知代誌大條。莫講別項，結婚無偌久，一擺（次）小冤家（吵架）爾爾，就共（將）我的西裝鉸（剪）做一條一條，實在真酷刑（可惡）……到彼陣（那時），才知影予（給）伊騙去。」

母親立刻回嗆：

「當初恁阿公為著幫恁老爸娶某，特別去街仔臨時租一間店面開雜貨仔店；等我嫁去無偌久，伊就把店收收起來。阮阿爹彼當時是看伊有一間店，才共（將）我嫁予伊的。in一家夥（全家人）根本就是詐騙集團。」

這樁父母口中貪圖郎「財」女「貌」的詐騙婚姻，結局當然不會是「琴瑟和鳴」，而比較接近核武的「保證相互摧毀」（Mutual Assured Destruction，簡稱M.A.D.機制，是一種「俱皆毀滅」性質的軍事戰略思想）。

成年後，每當父母如此鬥嘴時，我們兄弟姊妹總是笑得東倒西歪。但當父母雙亡後，我認真回想他們的一生，覺得真是悲劇一場。夫妻爭吵，幾乎無日不有之。即使是晚年父親生病住院，母親殷勤照料，我們南下到醫院去探病，鄰床的病患都忍不住要跟我們抱怨：「恁老爸老母實在足愛冤（吵架）咧。」

但這麼愛拌嘴、不時在嘔氣的夫妻，深究起來並非不相愛，只是愛的方法有問題，導致愛的品質極差。他們太年輕就結婚，幾乎是還沒過完青春期，就一頭栽進子女群中。不管夫妻相處或親子互動全不講求，一切但憑直覺。母親精明霸道，個性急躁，求好心切，幾乎每天都在為不如意的生活生氣；相形之下，父親天真浪漫、親和隨興，但求自律，甚少律他。因母親嚴格，在子女教養上父親乾脆束手，樂得扮演白臉。這樣的逍遙，在母親看來就是不負責任。

父親顯然在這宗婚姻中處於劣勢，他一路被母親挑剔詬責，只有在子女返家時，才能吐吐苦水。但母親也有她的苦衷，一個十六歲就成為母親的女人，面對一大家子的孩子和四合院內的諸多妯娌，又豈有示弱的空間！

因為如此，從小，我就成天惶恐過日。父母吵架後，父親避走，母親甩鍋碎碗的陰影揮之不去。自組小家庭後，我每每拿母親當負面教材，不管為妻或為母。一則是我能力不夠，沒有強悍的本錢；二來我不想重蹈父母的覆轍。

另外，我三十多歲才開始寫作，早過了傷春悲秋的年齡；所以，一踏進文壇，便跳過浪漫的愛情，直接凝眸家庭關係。也因為寫作素材經常從生活取材，除了專業的語文教育演講外，逐漸有了親子關係、兩性關係的相關演講邀約。

一日，在咖啡廳和時報文化文娟總編輯討論小說的創作構想時，接獲演講邀約單位的電話。文娟聽到我告訴對方講題訂為「相互靠近的練習」，知道這是一場闡述如何營造愉悅家庭關係的演講，立刻展現了高度的興趣，問我可否將這些年來對這個議題的關切與心得整理出版？

文娟的邀約，啟動了我的思考：因緣於對愉悅家庭氣氛的嚮往，我從結婚之始，便努力經營婚姻，期待和另一半共築的家，能盡量減少爭執、憤怒，多一些歡樂的笑聲。我在我的第一本書《閒情》的序文〈有心〉裡就曾寫著：

「只要有心，就能在社會的角落中尋找到最好的景致，就可以在冷漠的人際關係裡搭出最多情的橋梁。」

如今，事隔多時，我晉升為婆婆、阿嬤，不時愉快地和兒女、媳婦分享生命的滋味，日日接受孫女帶來的成長喜悅。我可以很驕傲地向世人宣告：「因為有心，母親沒做到的，我做到了。」也許我真的可以將我長久以來對現代家庭問題的觀察及自身在現實生活中的努力實踐和讀者分享。

當然，我必須坦承我不是家庭教育的專家，只是個喜歡創作的散文作者及語文教育的學者；但我關心家庭關係並努力在生活中思索、咀嚼、實踐。我從寫作及教學之初，就堅信所有的學習都是為了讓生活更容易。我也相信所有的理論都是從生活中整理、歸納出來；如果將理論植基的生活還原出來，原本就是一則一則隱藏在現實面下的寫實故事，有笑靨、有血淚；有歡喜、有憂傷。何況，人們不喜歡接觸生硬的理論，人性卻潛藏聽故事的慾望。

於是，我寫下這本「類散文」的實用書。我衷心期待讀者不只被書裡的故事所感動，也能在書中看到自己，並找尋到對應生活的最佳策略。

第一部 夫妻

前言

家是依靠的港灣？還是桎梏的圍城？

人生中最大的豪賭莫若婚姻。有人共結連理後，相濡以沫，執手偕行，充分享受男女共築世界裡的諸般方便與快樂；有人從崎嶇難行的婚姻之路中，摸索前行，雖艱苦備嘗，卻也不失浴火重生的況味兒；還有人在顛沛坎坷的婚姻生活中，頻頻跌跤，卻仍勇敢奔赴、屢仆屢起，且不改其樂；但是，我們也得承認，尚有為數不少的男女，在扞格不入的婚姻裡，被挫折得傷痕累累，一輩子心有餘悸。

既是賭博，當然有輸有贏，而婚姻的輸贏繫乎兩件事：一是婚前的選擇，所謂「do the right thing」；一是婚後的努力，亦即所謂「do the things right」，兩者所占比例各百分之五十。所以，在年輕時，浪漫地瞎了眼，以致遇人不淑者，千萬別洩氣，尚有一半的機會，轉危為安；而千挑萬選，以為終於逮到一位如意郎君或美嬌娘的人，也萬萬不可大意，如果掉以輕心，還有百分之五十的危機，正蠢蠢欲動！

「變」是婚姻走調的最大因素。王羲之〈蘭亭集序〉裡就曾對情感的多變，有過討論，他說：

「及其所之既倦，情隨事遷，感慨係之矣。向之所欣，俛仰之間，已為陳跡，猶不能不以之興懷……」

意思是說，人常常對曾經極度傾注過關愛的事物，在轉瞬之間，失去熱情，這種無來由的變化，實在教人感慨萬千。而事實上，「變」之所以看似發生在俛仰之間，其實是因為人們缺乏警覺心。依我看，婚姻當中的「變」，多由「漸」而來。只是，因為對一紙結婚證書的過度信任，往往使我們錯估了形勢，以為結婚就是情感共終始的保證；因此，對共組的家庭，日積月累地漫不經心，對另一半的疏於關切或者說是疏於防範，終於導致破裂的變化，也就不足為奇了。

所以，從抉擇開始，愉悅地注視每一環節，使所有的變化，不但都在掌握之中，並朝良性的方向發展，是防範未然的要訣。因為，即使是面對一場未知輸贏的賭博，不但要有足夠的籌碼，也該用心思慮、盤算，否則，即使全盤皆墨，也還不知「為何而輸」、「為誰而輸」。

大學時，老師盛讚孔子是聖人，同學笑問：

「既然是聖人，他離婚的事怎麼說？」

老師的答案讓人噴飯：

「連聖人都無法忍受的女人，又是一個怎樣糟糕的人！」

當時，引來哄堂大笑。多年後，我們歷盡了滄桑，對這人世有了較多的理解後，再回首這場師生的對話，也開始有了不同的體會。光拿孔子離婚這件事來說吧！只要有過婚姻經驗的人，大概都知道，離婚理由千百種，但所以造成則其咎難以獨責，恐怕雙方都得反省。

用現在的文獻來判斷，這樁離婚公案，恐怕孔子本人得負更大的責任。試想，一個人經常周遊列國，怎麼能常常回家吃晚飯？為了治國平天下的理想實現，到處推銷，不惜經常換老闆，做太太的怎麼會有安全感？不但如此，我們看到《論語》中專門記載孔子生活花絮的〈鄉黨〉篇，覺得孔子還真不是個容易伺候的人，席不正不坐、割不正不食、不得其醬不食。不管吃飯睡覺都規矩甚多，教太太怎麼受得了，你家的床上躺了這麼個聖人，你能拿他怎麼辦！

坊間，討論愛情與婚姻的書籍何其多，大部分都從理論著手，雖諄諄其言，卻常予人隔靴搔癢之恨；有的雖以案例描摹，看似貼近行止，卻往往失之粗糙，難以被接受。這些年來，我在台灣島上，南北奔波，在一場接一場的演講中，分享了許許多多家庭的趣事逸聞，同時，也聽到了甚多不幸的婚姻案例，有些，恐是神仙也無法著力，有些則是腦筋稍加急轉彎，就可不藥而癒。

如今，婚姻未必仍是主流，試婚、同居和進入傳統婚姻只是一「紙」之隔，雙方要面臨的困境與問題，其實殊途同歸。我先加以說明：我贊同多元成家，支持同志應該具備異性戀的所有權益；我不反對同居；也贊成試婚對某些人有其存在的必要；而在深思熟慮下選擇離婚也會給予深深的祝福。我以下的敘述，基本原則是追求生活的快樂、生命的意義；針對即將面臨抉擇的人，也適用所有的人際。總而言之，是一種相互靠近的練習，而相互靠近的目的，無非是讓生活更容易。

第一章

婚前的抉擇

自從一見桃花後

婚前的抉擇與婚後的經營，在婚姻是否能夠成就圓滿中既然各占百分之五十的機率，所以我們就從婚前的抉擇開始，甚至就先從我自身的擇偶開始談起吧。

那年夏天，我二十七歲，依然小姑獨處。母親著急得不得了，四處請託親友代為留意，逢人便推銷。於是，職業的或業餘的媒公、媒婆摩肩接踵，幾乎踩平了我家的門檻，大規模的相親活動於焉展開。

相親對我這樣一個自命文明的女子而言，簡直是一種莫大的恥辱。然而，母親說：

「有本事自己找，沒本領聽我的。」

於是，每逢星期六，我便奉母命由上班的台北僕僕風塵回到台中，準備應付星期天一至兩場的相親活動。一些委屈、一些憎惡，更多的是地老天荒的絕望感。用這樣的心情上陣相親，兩軍短兵相接，自然傷亡慘重，常要殺得對方片甲不留、鎩羽而歸。

幾次下來，弄得幾乎不可收拾。母親大表不滿，我一來懾於母親的震怒，二來也反省到如此波及無辜，有傷溫柔敦厚之旨，遂稍稍收斂起一身的刺蝟，況且，凡事熟能生巧，也逐漸琢磨出以平常心來對待之道。

一個星期日的早晨，例行的相親活動。

我坐在屋裡發呆，春陽一寸寸在落地玻璃門外移動著，直到大隊人馬逼走了地上的陽光，我才回過神來。因為經驗豐富，我很快地從人羣的肢體語言裡判斷出當事人。高瘦清秀的男子，正半彎著身子在門外脫鞋，手裡拎了個包袱。我一下子就被那個包袱所吸引，差點沒失聲大笑起來。從包袱的形狀看來，裡面似乎是盒餅乾或蛋糕之類的禮物。但是，用大手巾包裹著金雞餅乾盒的行為，不是古老的、屬於我阿嬤那個時代才有的事嗎？男子看來也和那個包袱一樣，很有傳統的樣子。西裝筆挺，黑框的眼鏡方方正正地架在臉上，帶著一點鄉氣的斯文，然而，我飛快地在心裡把他否決了。誰願意嫁給一個屬於阿嬤年代的人？

進門之後，那個滑稽的包袱被端端正正地擺在我和他之間的茶几上。因為無聊，我便很仔細地研究了一下那條大手巾，上面是一株松樹，松樹下有隻白鶴，上面寫著「松鶴延年」四個字。鶴的腳細細的，脖子長長的，嘴巴還是紅的。我覺得可笑極了！一個穿T袖、牛仔褲的新派女子被介紹給一位穿西裝、打領帶，手上還拎著「松鶴延年」布包袱的舊式男子，豈不是一個大笑話。

兩邊人馬言不及義地彼此寒暄著。由天文談到地理，由地方建設談到登陸月球，大夥兒都在腦海裡極力搜索共同話題，饒是這般，談話還是屢屢形成中空狀態，這時，大家或齜牙咧嘴，相對微笑；或彼此舉杯，做認真品茗狀，幸好這類場合，總不乏能言善道之士，在短暫的空白後，馬上又可以機智地推出新話題。男子不是個多話的人，看起來很沉穩。偶爾禮貌地提出一些其實已經知道答案的問題應應景。譬如：

「什麼學校畢業？」

「在什麼地方上班？」

「忙不忙？」

「平常做何消遣？」

……

應對還算得體。我直覺認定此人趣味不高。然而，母親的想法顯然和我有段距離，是那種「丈母娘看女婿，越看越有趣」的表情。果然，談話接近尾聲，來人客氣地起身告辭，大隊人馬才走出落地玻璃門外，母親便迫不及待地問我的看法，我還來不及表示，母親已兀自接口：

「如果連這個你都看不上眼，以後看誰還理你！別以為自己條件多好，都二十七歲了！……」

在母親多年來的強勢領導下，她的喜怒哀樂已權威地主宰著全家人的情緒，在她面前，我是不敢太放肆的。但是，身經百戰後，心裡亦不無怨言。打從相親開始，或許是因為嫁女心切的緣故，一向要強的母親，忽然一反常態地以低得不能再低的姿態來擇婿。但凡來相親的男子，她幾乎沒有一個不滿意的。講話結巴是忠厚老實，言詞輕浮者乃活潑有朝氣，矮人聰明，胖子富泰，長相古怪的人命好，必欲嫁之而後快的心態，使我敢怒而不敢言。我正想頂嘴，忽然隱約聽到門外媒婆低聲問那位男子：

「要不要帶小姐出去走走，進一步認識、認識？」

那位男子用很低卻很肯定的聲音說：

「不用了，不用了！」

我向母親聳了聳肩膀，做出「你看！可不是我說不要的，人家也不滿意我呀！」的表情，母親的臉色明顯地難看了起來。

雖然兩造皆無意，然而，有經驗的人都知道，在這種兵荒馬亂的狀況下，當事人的意見終將變為最微弱的聲音。不由分說的，兩個心不甘、情不願的人還是被送上了一部親友的車子，車主到台中公園附近把我們倒了出來。兩人就站在馬路邊兒，面面相覷。

事情演變到這種地步，好歹都得繼續演下去。既然兩人都沒有心理負擔，事情倒又變得簡單起來了。攪和了一個早上，這時候才真有些「同是天涯淪落人」的共識。我想起不遠處的圖書館似乎正展出南張、北溥及黃君璧先生的畫，於是，提議前往。

沒想到很快獲得附議，兩人邊看邊聊。我當時年輕氣盛，仗著在雜誌社做了幾年事，世面見得不少，自認對畫的了解還不差，便在他跟前大放厥辭；這人倒絕，一路上悶不吭聲，只是適時地點頭微笑。我只當他研究自然科學的人對文學、藝術一竅不通，乾脆藏拙；哪裡知道，他是真人不露相，不但浸淫甚久，而且可以畫上幾筆，我那天算是班門弄斧，這是後來才曉得的。

在西餐廳用過簡單的午飯後，兩人都無心戀棧，便分道揚鑣。分手前，他說：

「可不可以留給我台北的電話？有空去找你？」

我心裡竊喜，女人家虛榮的毛病又充分暴露出來。我可以不喜歡他，卻希望天下人都愛我。

日子一天天過去，整個夏天都快溜走了，這個人再無任何消息。開始時一點點不足為外人道的期盼，也在忙碌的生活中很快地被淡忘。我仍然和以前一樣，一邊舔著舊創，一邊行屍走肉般地相著親。

一個沒有安排任何相親節目的星期天早晨，我在台北租來的小閣樓裡，正和一大堆髒衣服做殊死戰，電話鈴響了。居然是那位「松鶴延年」的男子。他期期艾艾地邀請我和他共進午餐，我猶豫了一會兒，隨即很快地在兩盆髒衣服和一位沉默的男子間做了抉擇。

那天，我穿著一件寬鬆的鵝黃色洋裝赴會。進了餐廳，我看到男子的眼睛亮了一下，說：

「喂！你今天跟相親那天看起來很不一樣，我喜歡這件黃洋裝！」

我愣了一下，啼笑皆非，這樣的話算讚美還是諷刺？我笑著回答：

「原來你喜歡這件黃洋裝，早知道包了教別人拿來就好了。」

很多事都是後來才知道的，如果早知道了，恐怕事情都將改觀。這位貌似忠厚的男子原來並不像外表那般老實。當時，他正同時和其他三位也是相親來的女士周旋著。那天，他原是約了另一位教書的女士，誰知限時信給耽誤了，伊人沒有及時收到，竟回南部去了；其他兩位女士正好也都出門去。從桃園專程北上，就這樣孤伶伶的，心有未甘，於是，電話本翻呀翻的，突然看到我的電話，就這麼陰錯陽差的，兩人的命運都改變了。

為什麼要了電話號碼卻許久不來約我呢？我一直納悶著。很久以後，他才輕描淡寫地解釋：

「哦！要電話號碼只是一種禮貌罷了，給女士的虛榮心一些滿足呀！當時，憑良心說，我是沒想到再去約你的。你太瘦了，而且，也不是我喜歡的那型，我喜歡溫柔一些的，文文靜靜，不要有太多意見的，而你，太囂張了。」

我氣得哇哇叫，可惜為時已晚，在相親那年的冬天，那位男子，第一次見面時拎著布包袱的那位，已糊里糊塗地成了我的丈夫。

多年後，一個偶然的機會，我看到了那位男子三十歲時的日記，正是我二十七歲那年的夏天。日記上工工整整地畫了張圖表，表上列著他同時交往的四位女子的芳名，名字下是品行、個性、家世、學歷、生活情趣、習慣……等項目，逐項計分，很科學的；而我名下的積分居然是四人中最低的。我聯想到那年夏天的種種委屈，不禁悲從中來。這張表對我的意義是，那位男子在其他三處被判出局，才輪到我接收。

「我才不要別人挑剩的。」我恨恨地說。

男子依舊用他慢條斯理的聲音安慰我：

「不是這樣說的。應該說，這種科學的東西看似科學，其實最不科學。有時候人們並不真正知道自己喜歡什麼。」

這番似是而非的說詞聽起來頗富哲理，何況也扳回了面子，我於是回嗔作喜。雖然沒有王子和公主那般羅曼蒂克的過程，兩人卻也從此過著快快樂樂的日子。

擇偶的眉角在哪裡？

這段截至目前為止還算滿意的婚姻，其實原本自己並不看好，因為當時我剛經歷一場亂糟糟的失敗戀情，有點負氣地立意草草找個人結婚，度過眼下有點騎虎難下的局面。在這種心情下找人結婚，原本是有相當的危險性的。而轉危為安的關鍵，據我事後的檢討和歸納，有兩個重要的原因。就容我再回頭來談談，認識三個月後下定決心訂婚的關鍵。

到對方家裡走一走

相親過後，我們兩人都覺疲憊，雙方家長分別經歷過多次類似的儀式，想是也乏了，挑剔隨著相親次數的增加而銳減，只願事情早日有個結局。以此之故，經過短短幾次約會後，很快地，我就被牽進了男方的家裡，進行「面試」。

是個秋日的午後，四合院的屋子旁，一棵芭樂樹正垂實纍纍，還未曾進屋，我就先被那滿樹橙黃碩大的果子給吸引住了。我停住腳，仰起脖子，笑彎了眼地喊著：

「哇！你看，你看，好多的芭樂哦！」

據後來我先生的轉述是：

「那種興奮勁兒，逗得我也不禁開心起來。」

於是，他對我重加打量、思忖：

「一棵結實的芭樂樹就能讓她眼睛發亮，應該是一位容易滿足的人吧！」

他帶我進屋，將我安置在一張長凳上，隨即進裡屋敦請老父。我將熱情洋溢的眼光依依不捨地從芭樂樹上拉回到眼前斑駁、老舊的屋子，不禁倒抽了一口氣。屋漏痕跡處處，桌下一隻金錢鼠正無畏地瞪視著我，像在宣示主權。

終於，他扶著半身麻痺的老父出來，順手拉過一張圓高凳面對父親坐下。他父親寡言少語，間或閒話兩句，大半時間，空氣裡盡是沉默。我有點窘迫，覺得該負責說些話，卻又有些遲疑。他斜背著我，我因此沒能從他的表情裡得到任何的暗示。只見他極順當、自然地拉起父親的手，用著指甲刀，專注地、細細地為父親剪指甲。老父的眼睛並不看自己的手，只自在和我聊著。

我不覺心裡一動。是多少次毫無失誤的剪指甲經驗，才能讓老人家伸出去的手如此不假思索且毫無遲疑？那麼，這一定是位孝順、細心且讓人可以信靠的男子囉！

在往後幾個星期內的天人交戰中，那個微躬著身子為父親剪指甲的姿勢，竟成為我當時結束猶豫、決定託付終身的最重要憑藉。愛情既已遠颺，穩妥就成為必須；而他是執著認定：

「會為樹上橙黃的果子而兩眼晶亮的女子，應該是熱情、充滿童心，且在執手偕行的路上鐵定常常會看到火樹銀花的。」

這是他後來對我說的。

那年冬日，我終於成了他的妻；他則從此擴大「營業」範圍及品項。他的那雙手，不但開始剪起妻子、兒子、女兒甚至是老邁岳父的指甲，還擔負起更多的家事。

孩子還小的時候，他給娃娃洗澡、包尿布絲毫不含糊，洗碗、晾衣、摺衣、拖地更是「常備役」。婚前負責為他父親剪指甲的雙手，婚後仍不停歇，抱著孩子去看醫生、送孩子上音樂班，為孩子簽家庭聯絡簿、和孩子一起做勞作、畫壁報、打籃球、放風箏、丟飛盤、下跳棋；甚至戴上眼鏡，為孩子繡學號、為我的衣服縫鈕扣。回父母家時，為年邁的老父洗澡；去我娘家時，為我母親清除池塘中的汙泥，協同我為病中的娘家母親侍奉湯藥。

丈夫的一雙手，越做越帶勁。他的手，因為操持家務而變得粗糙。但是，筋骨畢現，反倒顯得線條粗獷有力；而我則常常設法讓雙眼持續燃燒熱情。

一日，我從外頭回來，遠遠看到熾熱的陽光下，一位男士正吃力地在巷道內搬運著什麼；趨前一看，才發現原來是家裡的男人正推土填補道路上的大坑洞。見到我，他邊用手背拭汗，邊解釋：

「拆除附近違建的怪手把路面搞得千瘡百孔，這個洞實在太大了！不填填，晚上會坑死人哪！」

大熱天，不躲在房裡吹冷氣，卻氣喘吁吁地出來服勞役，我感動又心疼之餘，開玩笑地說：

「啊！鐵定是家事不夠做，太輕鬆了，居然幹活兒幹到外頭來了。從明兒起，我看，連周邊的環境都一併麻煩您了，不知您意下如何？」

丈夫傻笑著沒說話，效法女媧補天，他繼續彎身用手補地。

多年後的一個黃昏，我在巷子口的美容院洗頭，鄰座一位婦人和我搭訕，問我住社區的哪幢公寓。我比手畫腳地說明著，婦人突然興奮地問道：

「是轉角那幢四樓，每到晚上八點，就有個男人出來陽台晾衣服的那家嗎？」

我一時拿不準這話是恭維丈夫的勤勞還是揶揄我的疏懶，還不知如何應對，店裡的顧客全將眼神對準了我，且紛紛說起羨慕的話。婦人還朗聲強調著：

「每次，我一看到你家男人出來晾衣服，就把我家那個死鬼叫出來，讓他看看人家是怎麼做丈夫的！……那位好男人是你丈夫，沒錯吧？」

我從美容院風光告退時，感覺到背後仍投來許多嫉妒的眼光。我驀然憶起四十年前那個躬身為公公剪指甲的背影，慶幸自己當年的眼光真是神準、銳利。

延伸思考

《中庸》裡早說過了：「仁者，人也，親親為大。」人性中本來具有的、最自然的愛，就是對自己的親人；如果連自己的父母、手足都沒能好好照顧的人，怎能奢望他好好對待另一半及另一半的親人呢？婚前，能對對方家庭的互動關係多所觀察、理解，絕對有助於抉擇的正確。所以，基於個人經驗，我強烈建議談戀愛時，不要只是逛書店、喝咖啡、相約看電影、爬山、聽演講、去健身房……最重要的是去對方家中多走走、看看他是如何對待家人。我根據一個幫父親剪指甲的背影，當機立斷選擇了這個孝順的男子，因之成就了穩當的婚姻，這是婚姻紀實，不是神話。

主動撒網捕魚

外子年輕時，保守躊躇，做事猶豫，和女性的接觸不多，對所謂「好女性」還抱持著相夫教子、含辛茹苦的傳統觀念，期待娶個老婆回家侍奉父母，我是個典型的新女性，活潑明朗、從不畏縮。

當初，因媒妁之言而結識，他就被我的明快爽朗所吸引。雖然靦腆，他對聰明機趣卻有著無限的嚮往，兩人相談甚歡，相約共進午餐。餐桌上，我邊吃邊談，興致高昂，只不過是一盤牛肉燴飯，卻吃得像滿漢大餐一般，充滿活力，一點也不像過去他所認識的女性般忸怩矯情。吃完後，還探頭過去看他盤裡剩下的炒麵，無限可惜地說：

「啊！好可惜！你怎麼吃得這麼少？人一定得吃飽才有活力啊！」

那日回家後，他輾轉反側，面臨傳統與創新的交戰。他後來老實招認，他被我生機勃發地對待生命的態度所強烈吸引，那種彷彿什麼都難不倒似的自信，是他所從未有過的；然而，也就因為這樣，他反而猶豫了，一個個的疑慮襲上心頭：

「像個男人般的女人恐是不會乖乖在家侍奉公婆的吧？像那般信心滿滿的女子恐是不甘雌伏的吧？像如此的個性，將來一味角勝爭雄恐也是意料中事吧！」

於是，他強壓下跳躍滾動的熱情，自以為理性。就在他的理智幾乎戰勝感情的時候，他收到了我寫去的一封信，書法遒勁有力、文字清暢俏皮、內容自然有趣。信末，我輕描淡寫地一筆帶過：

「有空，來信聊聊吧！人生苦短，人海中要尋找到一位聊得來的人不是一件容易的事。」

他雖然是理工出身，卻對文學藝術有著狂熱的信仰，一看到這樣的來信，他的理智一下子就潰堤了。等不及天亮，便迢迢北上。

當他出現在我寄宿宿舍的門口時，見我一臉笑意，覺得世界靜美，天空好似因之而蔚藍起來；他知道，他終將臣服在我的笑靨裡。那晚，帶著興奮之情回到他公司的宿舍，臉上一逕是掌不住的笑，他做了一個甜美的夢。這是他後來跟我說的。

可是，第二天黎明時分，他從夢中醒來，乍然回到現實，長久以來的憂慮，又隱隱浮上心頭。他又開始自責，只顧自己的情感共鳴，罔顧家庭的需求。身為家中的老大，一向的思考，都以父母與弟妹為優先，日子久了，變成了個沒有自我的人。過度的興奮讓他甚至衍生了莫名的罪惡感。他又決定：還得從長計議，必須冷靜下來。

周而復始的，看似欲擒故縱，實則天人交戰；而我冷靜以對，一逕悠遊自得，對他的猶豫躊躇、一再變卦，未加責怪，倒多了幾分同情。我無視於他的反覆，不斷地以流利的文筆開導，以天真的電話關切，以爽朗的笑容接納。最後，男子的理智不敵感情的召喚，我終於成了他的妻。

延伸思考

股票期貨，一日數變，一般人都知道該在最適當的時機操作，否則可能損失不貲。但是，一般人對人間緣會的錯失卻往往習焉不察！實在非常可惜。和人接觸時，勇敢的將心裡的想法吐露，方法委婉，意念誠懇，必得到某種程度的迴響。

人生苦短，相準了目標，不管男女哪一方，都要趕緊撒網捕魚。每人個性不同，有的人思慮較多、個性猶豫；有的人行動力不足，需要敦促。如果經過深思熟慮後已然下定決心，現代人就要主動出擊。雙方有共同的興趣，當然是最佳人選，不必躊躇；如果興趣不盡相同，就朝最大公約數前進。投對方所好並配合自己的「強項」。

我自信文筆還可以，在那之前，就曾幫人代寫自傳、情書，成效卓著；加上字跡清秀，書法還得過大獎。我仗著這個優勢展開垂釣，那隻被我的情書釣上來的魚就是外子。既然寫字跟寫作是我的強項，在人生重大一役中，我自然是要淋漓盡致地讓它派上用場。

掌握自我，參酌建議

接著，我來談談聽來的故事。

一路風波不斷，他們的交往，像詭譎多變的世局，摻雜了太多的變數。閒雜人等，個個都覺身肩重任，不提供一些主意或寶貴經驗，簡直是枉顧道義！小倆口在各路人馬的攪和下，談了一場幾近集體參與似的戀愛，混亂雜沓，不堪回首。

兵荒馬亂中，總算雙方家長及親戚，疑慮雖未盡釋，卻也被攪和出來的混亂情勢搞得驚心動魄。為免成為打散鴛鴦的禍首，於是，決定不日之內，讓小倆口先行訂婚。鬆了一口氣的兩人，以為漸入佳境，此後當是甜蜜的開始，誰知，好不容易才爭得自己的一片天的兩人，卻在其後的一件小事上，慘遭滑鐵盧。

兩人決定不講究排場，一切以簡樸為依歸；畢竟婚姻是一輩子的事，往後的日子還長，不必把金錢浪費在無謂的開支上。他們一致同意，從戒指著手。既然只是一種結緣的象徵，戒指當然沒必要太過華麗；於是，他們選了一枚小小的黃金戒指。沒想到女方母親發現後，竟大發雷霆，說：

「把你養到這麼大，就值這麼個小金戒！他連一顆鑽石也不肯送，你叫我在牌友面前怎麼抬得起頭！口口聲聲說很有誠意，誠意在哪裡？人家那個王太太，就是常到家裡來打牌的那位呀，她嫁女兒的時候，男方送的鑽戒多大呀！憑什麼我們就不如她們，論容貌、學歷，你哪一點比她女兒差！」

她聽了之後，驚詫不已！卻也知道，要和母親講理的困難。於是，轉而向男子商量。原先就對女方的家世頗有意見的男方家長，聽說之後，越發氣憤，大罵兒子瞎了眼睛，找上這門難纏的親戚：

「難不成就讓他們這樣予取予求？你這算什麼男子漢，枉費我們把你教養到這麼大。還沒進門哪，就被女人家吃定，以後你還有什麼好日子過！……不行，從一開始，就一直是我們讓步，真是軟土深掘。你去跟她媽說，乾脆就讓她把女兒賣到火坑，看價碼會不會高些！」

男子是個老實人，不知如何消解父母的憤怒，只好據實以告。女子聽說，也惱了！頓足說：

「不過是個戒指而已！幹嘛說得那麼難聽。我就是嫁不出去，也不必待在這兒被你們全家人合力糟蹋！」

說完，扭頭走了。男人經歷了先前的千辛萬苦，對如此這般像連續劇的情節發展，也實在乏了，索性任由她憤恨離去。

兩人負氣，從此不通音訊。都期待對方回頭、卻不肯先行低頭的一對男女，因談不攏一枚戒指而終告分手。觀望的雙方人馬，齊聲嘆道：

「姻緣天注定，半點不由人。可惜呀！應該多忍耐的呀！就是不聽老人言啦！……」

延伸思考

結婚的是小倆口，長輩的建議當參考可以，但既是自己的終身大事，當然得自己作主。為了七嘴八舌的長輩講的讓人難堪的話，搞砸了一樁可能美好的婚姻真的很不上算。但是，從另一個角度來想，婚姻確實不只是兩個人的結合，而是兩個家族的聯姻。因為一枚戒指的紛爭，及早識透雙方及家人價值觀的不同，而省卻將來的矛盾與爭執叢生，也許也不算太壞的事，一枚戒指考驗了一宗愛情的歸宿。

嫻熟社交禮節，更加自在

朋友要幫他介紹女友，聽說對方是個小學老師，他有一點意興闌珊，一向對老師沒有好印象，尤其是他的四位小學老師，總給他一種糾察隊長的感覺：囉囉嗦嗦、鉅細靡遺是他們的共同特質。如今，好不容易到了自立門戶的年紀，他可不願意又娶個管東管西的人來嘮叨。可是，家裡人不放過他，說他的想法完全是沒根據的成見，硬押著他來。

各就各位。他偷眼看她，長得端端正正，隱約還有一種早已被現代女孩遺忘的靦腆。媒婆正展開三寸不爛之舌為雙方暖身，女孩一逕微笑著，很得體地應對著，看不出她對整件事所持的看法。不多久，介紹人藉故先行離去，留下兩位堪稱陌生的男女繼續奮戰。

撐持大局的人走了。一時之間，話題似乎難以為繼，僵冷的空氣驀地流竄其間。兩個人左顧右盼、齜牙咧嘴半晌，女子忽然下定決心似地說：

「對不起！我本來不想來的，都是我媽硬要我來。其實，不瞞你說，我一向對在證券行做事的人沒什麼好感，我一直以為出入證券行的人，都富冒險精神，我最怕的就這種人。」

他不覺失笑起來，原來同是心不甘、情不願的天涯淪落人！他們總算在這一點上找到了共鳴，他於是也欣然說出自己被迫的無奈。經過這一番誠實的表白，知道彼此俱無進一步的企圖後，氣氛突然變得輕鬆而愉悅起來。他們由齊聲批判家庭及社會對個人婚姻的過度干預開始，談到自己的戀愛觀、婚姻觀，並相互指正對方對各自職業的不當聯想，進而侃侃而談平日休閒，她開玩笑般地說：

「自從上了二十七歲以後，幾乎再沒個人的時間，除了上課外，就是數不清的相親，相親幾乎變成了唯一的課外活動啦！」

然後，兩人開始談起他們所經歷的各式交友趣事，越談越開心，笑稱應合出一本名為《不是冤家》的書，一定精彩。

天色不知不覺中暗了下來，兩人談興猶濃，於是，決定轉移陣地，到一家女子熟悉的法國餐廳，繼續未竟話題。音樂、燭光流瀉在雅致的室內，搖曳的燭光下，她的雙眼煥發著迷離的光彩，他未飲先醉；而她見他談笑風生，也不覺怦然動心。海龍王湯撤下，侍者送上一杯杯沿上掛著新鮮檸檬片的茶色液體，他覺得希望無窮，開心極了！只稍一猶豫，便將它仰脖一飲而盡。她阻攔不及，假裝沒看見，顧左右而言他。侍者再度上來時，驚訝地張大了嘴，期期艾艾說：

「啊！那是給你洗手的水呀！怎麼喝……」

霎時間，他臉紅脖子粗，方才的豪氣和流利盡失，他甚至多心地感覺女孩正偷偷掩嘴而笑。他開始語焉不詳、不知所云，窘迫地只恨沒有個地洞好鑽進去，一頓飯吃得全沒心思。

他原可能有樁好姻緣的，卻無端被一杯可惡的茶水給攪壞了。馬失前蹄，他不知道

延伸思考

有兩件事值得注意。一是人際當中，坦誠的重要。坦誠讓溝通變得無礙，坦誠也可以無形中化解成見。

另一是在多元化的社會裡，人際的交往日漸繁複。舉凡搭車、上樓、打傘、過馬路、用餐、走路……在在都有約定俗成的不成文規定。搭車時，尊卑長幼的順序如何？用餐時，刀叉放置的位置又該怎樣？和異性單獨相處時，需提防哪些不必要的誤會？和長輩談話時，態度是否有適度的謙虛？和異性交往時，應避免前往哪些場所？嫻熟這種種社交禮節，能讓人展現雍容自在的氣質，提高自信心，給人留下難忘的印象。所以，及早熟稔社交禮節，百利而無一害。為了誤喝了一杯洗手水而方寸大亂，進而語無倫次，真是大大的划不來。但因為一時的不察就輕易放棄全盤的棋局，也未免太容易棄械投降了。既然下定決心擇偶，不妨給自己和對方多一次的機會。人生的重大抉擇往往無法一次搞定，而需要再接再厲，國父革命不也經歷了好幾次的失敗才成功的？

莫忽略一體常有兩面

他一向充滿浪漫情懷，私心裡最想娶一位從事音樂的妻子，一回，被問到擇偶條件時，他玩笑般地脫口而出：

「沒什麼條件，只要在浴室中唱歌不荒腔走板就行了！」

這樣的回答居然引起了哄堂大笑，一位在座的已婚女子幽幽地說：

「你以為結了婚的女子，還有時間和心情唱歌嗎？女人一旦結了婚，便是無歌也無夢了呀！」

他聽了，心裡頗不以為然，覺得女人若非危言聳聽，就是婚姻面臨困境。

幾年後，母親氣喘病發，家人成天提心吊膽過日子，夜半不時傳來救護車呼嘯前來的聲音。他開始領悟到健康的重要，於是，在擇偶條件中，鄭重地加上身強體健一條。每次的相親，他總特別留意對方的臉色、胖瘦、肌肉……等等足資辨識健康的要件。

一回，相親過後，兩人相談甚歡，經過一段時間的交往後，介紹人熱心地探問結婚的可能性，他心裡交戰許久後，決定壯士斷腕，他說：

「非常可惜！人很溫柔，也很談得來的，可惜，我昨天發現這個女孩子門牙有兩顆是假的哪！」

眾人皆駭異不已，就因為兩顆假牙，竟然讓他決定放棄幾近完美的結合，他神情嚴肅地說：

「不要小看那兩顆假牙！一個人的健康與否，可以從牙齒上判定，說不定她有什麼隱發性的症狀，是表面看不出來的，凡事不能掉以輕心。」

朋友們都為他以買馬的方式來擇偶，感到不可思議，卻也不敢向他提出健康保證，一宗公認天造地設的佳偶，終因兩顆假牙的被發現而泡湯。

其後的近二十場相親，都因類似的狀況而失敗。女子衣服穿太多了，他懷疑她是因為體質差，容易感冒；稍微豐腴些，則是婚後鐵定發胖，發胖則有心肌梗塞之虞；皮膚太白的，有貧血的嫌疑；太黑的，又恐是色素沉澱之病；個子太高，看起來不登對；身軀嬌小，又不利優生遺傳……他錙銖必較，搞得熱心拉紅線的朋友心灰意冷，紛紛打退堂鼓。

他不灰心，仍舊生氣勃勃地穿梭在各個社交場所。終於，皇天不負苦心人，他如願娶得了一位學音樂的健美女子。婚後，女子奔波在教學及演奏廳之間，家裡果然充滿了樂音，只是學生稚嫩生澀的重複且單調琴音，竟從此成為他最大的惡夢；而妻子優美的琴音，只有打上領結、衣冠楚楚地到國家音樂廳才有幸聆聽，他一輩子夢想的音樂流瀉、夫妻琴瑟和鳴的生活，原來只是南柯一夢。

午夜夢迴，他不免稍示遺憾之意，他那學音樂的、身強體壯的妻子，總不耐地用充滿元氣的聲音斥責道：

「你怎麼那麼自私！我若是不用為生活打拚，當然可以輕鬆地在家裡彈琴娛樂你呀！問題是，每天在家裡教琴、在學校練琴，都快累死了，誰還有那閒情逸趣來取悅你，你就別再那麼浪漫了吧！」

延伸思考

婚姻真是充滿變數，即使心思縝密地設想周到，又挑、又揀的，以為萬無一失了，卻仍不免在未來的某個環節產生意想不到的遺憾。婚前的百分之五十，就算全拿了，還有婚後的另外百分之五十需要步步為營。所以，心存求好的動機是絕對的必要，但在求全的念頭上不妨稍稍打個折扣、寬鬆些，承認人生確實難以圓滿無缺，少輸就是贏。跟著感覺走，往往就對了。

換上另一種心情

她其實不是個挑剔的女人，可說來奇怪，怎麼和她接觸過的男人，不是暴牙，就是扁鼻，要嘛就是肉麻當有趣，那些不暴不扁或尚存幾分風趣的，全都讓人給搶走了。她自認相貌清秀、舉止端莊，開出去的條件又委屈得不能再委屈，伊人卻仍然踏破鐵鞋無覓處。

一日，高中老友約了在餐廳聚聚，雖然以思念為由，但從老友閃爍的言詞間，隱隱間感覺到事情並不單純。果不其然，話說到一半，進來了個男子，老友熱心起立，拉他過來，為她介紹道：

「真巧！在這兒碰上，你到這裡吃飯啊？來！來！我幫你們介紹一下。這是我先生的同事，這是我的高中同學。一起坐吧！」

她忍住笑，活到這把年紀，如果還看不出來他們的裝模作樣，就算白活了。她不動聲色，端詳著眼前的男子，是個老實人，剛毅木訥，被迫合演一齣拙劣的通俗劇。老友使盡了吃奶的力氣才挖掘出來的話題，常被他三言兩語給終結。

話題集中在雙方的交友上，同是教育界的人，多少有些直接或間接的交集，說著，說著，驀地提到一位三年前還曾認真為她牽紅線的同事。靈光一現，她忽然想起，莫非眼前的男子正是當年她來不及認識的那位化學博士？

他們緣慳一面。因為分別在島上的兩極教書，唯恐交往不易，她婉拒朋友牽線的好意，在男子打來的電話裡，委婉將他轉介給和他同樣在南部任教的另一女子。而兩人分頭進行、各歷滄桑，居然在三年後，又神奇地分據同一張餐桌的兩頭。是何等的機緣，才能在弱水三千裡，兩度同進一瓢！兩人都覺不可思議，驚嘆不已。莫非冥冥之中，良緣已定？她本不信命運之類的說法，但明擺著的事實，讓人不由不信！

她對眼前的男子重加打量。說來也奇怪，換上了另一種心情，不善言詞的缺點居然也能以忠厚老實的評價來取代，只撤掉求全的態度，一切似乎又有了新意。精明幹練的線條被好奇的赤子之心所鬆綁，她變得溫柔而和順；這樣的轉變迅即感染對方，男子的口齒也逐漸流利起來，原來是求好心切讓他演出失常！後來才陸續發現，平日裡，他雖非能說善道、口才便給，倒也頗能切中主題、言之有物。

為了這難得的緣分，他們都決定再給自己和對方一個機會：細細聆聽、深深挖掘。經過多次併肩行走後，他們終於在對方的人生行道中慢慢找到屬於自己的空間。三個月後，他們締結良緣。朋友都說他們是「閃電結婚」，只有他們自己知道，為了這樁姻緣，他們在人生行道上繞了多遠的路。

延伸思考

所以，換上另一種心情，切換另一個角度，常常能看到不同的風景。不要太早做定論，再多給自己，也給對方一次機會，往往有意料之外的收穫。婚姻或許真的就在「緣分」上逡巡、盤桓，早一分或晚一分都不成，在對的時間，自然會遇到對的人。

第二章 甜蜜的編織

宋代文彥博的詩〈長相思〉裡有一句非常動人的句子，是這樣的：

「顧慕懷所歡，徘徊彌自惜。」

意思是說：每一個人的內心深處，都隱約供奉著一個終身詠歎戀慕、低迴瞻顧的對象，因為這樣的深情，使得人們產生自愛自惜的奮發心理。這首詩，告訴我們：愛要從自身做起，自愛是求愛的基礎，自惜是成功的動力！這「徘徊彌自惜」的涵養功夫越深沉，則銘心刻骨的情感也就越發動人。

然而，兩個人共結連理，不僅止於兩人的結合，往往還牽扯到背後兩個家族的相互適應。每個家庭都有各自的生活習慣和信仰，小自吃飯、穿衣，大到意識形態、國族認同，來自不同的家庭，要居住到同一個屋簷下，勢必會產生許多的適應不良症候，說明婚姻結合模式確實多元且不確定。

凡事能設身處地，則雙方必能相互體恤難處。當女性在抱怨男友不夠細心之際，便會想起男性粗枝大葉的生命力特質而加以寬諒；男性在難解女友瑣碎黏纏之際，經設身處地的一番思考，也才不至於成為丈二金剛。人和人間多了份體恤之心，自然能有圓融的人際，有了圓融的人際，便增添許多的朋友，人生更因之有了更多的選擇！而愛是無所不在的，重點是我們看到了沒？感受到了否？

第二章的起始，我也先來說說自己的個人經驗和真實體會。

愛，是凡事將心比心

不知從什麼時候起，開始熱衷於煮咖啡，興致高昂地在大街小巷蒐集各式的煮咖啡器皿：滴泡式、蒸汽式、虹吸式，最後，我獨鍾情虹吸式玻璃瓶起起落落的一眼分明。

然而，相較於蒸汽式的不鏽鋼和滴泡式的塑膠，玻璃的脆弱易破，真教一向粗枝大葉的我膽戰心驚。不管如何小心翼翼，總還是時常失手。

那日，吃過晚餐，外子正在廚房洗碗，我陪著在餐桌前聊天，順手收拾著桌上的剩菜，冷不防，袖口掠過桌子邊兒的虹吸式玻璃瓶，瓶子應聲倒下，又破了！這是當月打破的第四個玻璃瓶，我幾乎要惱羞成怒起來，怎麼會這樣不小心呢！更氣人的是，每次打破東西，總教外子看見，一個那樣的玻璃瓶雖說叫價只五百九十元，但一個月打破兩千多元的瓶子，怕要比喝掉的咖啡還貴哪！我憂心外子會取笑我的粗心，更惱怒自己的無能，正想著如何來為自己辯護，面對水槽洗碗的丈夫轉過身來，只淡淡說了聲：

「哦！這牌子的咖啡容器品質很差，好容易破，小心！你可別割傷了手！」

我愣在當場，差點兒哭出來。這話原是我準備拿來防衛用的，卻讓丈夫搶先說了。在那樣一個昏暗的冬日廚房，我登時立誓用一輩子的柔情來報答外子那一句體貼動人的言語。

延伸思考

將心比心的仁厚心腸，不僅止於對待外人，對待另一半尤其需要。很多人在外頭溫良恭儉讓，回家後，就明顯變得隨興且粗糙，覺得自己人直說無妨，毋須矯飾，往往傷人卻不自知。

外子那日搶了我的潛台詞，說明了他充分了解太太所面臨的窘境。「品質差」的話，如果讓我說了，絕對是卸責；他搶先說了就變成體貼，解除了太太的尷尬，其後當然得到太太的優容，少做了好多的家事。

愛，是愛屋及烏的溫柔

父親新喪那年，為免傷痛的母親獨守著偌大的屋子、日日反芻著死別的痛苦，我邀約母親北上小住，讓孩子天真的親暱，撫慰母親的孤寂。然而，喪偶的母親終日神情恍忽、落寞，經常得經重複敘述才能得體問答，迥異於平日的精明幹練。這般的變化，讓作為女兒、女婿的夫妻暗暗擔心著，不知如何化解。而住了幾日後的母親，終究還是藉口有事待理，執意回去。

母親決定回去的前一晚，臨睡前，我和外子提及此事，外子吃驚地說：

「怎麼會這樣！不是才剛來嗎？星期六我還報名了參加公司辦的自強活動，想帶媽媽去散散心哪！」

次日清晨，我躺在床上，聽到習慣早起的母親和正要去上班的外子在廚房中的對話：

「我今仔日欲轉去了，這幾天真多謝！」

「敢就要這麼急？敢有啥代誌？加住幾日敢袂使（不行）？……」

「袂使得啦！住幾落日囉！好來轉了！厝內還有代誌哩！」

「要無，安捏好麼？您今仔日轉去，拜六以前再過來，我拜六欲帶您參加阮公司的自強活動，坐小火車去內灣，抓蝦仔、烘肉（烤肉），聽講很好玩哪！……一定哦！莫袂記得（別忘記）哦！」

對話聲因顧忌著屋裡尚有人高臥未起，隱隱約約的、斷斷續續的，我側耳傾聽著，沒聽到母親是如何回應的，但大門關上前的剎那，我還聽到先生一逕殷殷叮嚀著：

「莫袂記得哦！這個拜六哦！一定哦！……」

幾十年過去了，母親已然謝世。而先生這句深情的話語，卻一直在我腦海中盤旋。

每回，我只要想起那一個清晨，便不覺幸福地微笑起來。

延伸思考

外子對母親體貼的刻意安排，或者因為口拙，或者因為羞於表達情感，都只默默地付諸行動，從來不曾以言語誇示；然而，十幾年來，這些點點滴滴的溫柔，逐漸建構了婚姻當中最結實的根基，我豈能不銘記在心。剛結婚時，我滿腦子風花雪月，常為男人的務實木訥、不夠浪漫，感到微微的失望。如今，才知最深刻的情感不在燦爛嬌豔的花朵裡，也不在情人節的巧克力糖中，它原是植基於柴米油鹽中不落言詮的諸多設想裡。最纏綿的情致往往只在細水長流的溫柔中。對另一半的家人好，就間接顯示出對另一半的愛，這是無庸置疑的。

愛，是情緒被接受

人際溝通是當今的顯學。一般都承認，溝通之道首重傾聽，傾聽不能光靠耳朵，是不是用心往往是關鍵所在。

很多的傾訴，志不在得到建議或評斷，常只是為宣洩心中的不快，這時，公民道德拿高分、堅信益友必以諫諍為職志的傾聽者，便往往要感到挫折連連。

一位朋友跟我訴苦，說她那學音樂的丈夫，本來教音樂教得好端端的，就因為一位親戚想便宜頂掉一台切麵條機器，突然觸動了丈夫從小喜歡做麵食的心事。一整個夏天，天天和她討論提早退休去賣麵的構想。她絞盡腦汁和他鬥法，找各式理由勸阻，諸如公公必然反對、工作辛勞、創業不易……等等，丈夫不為所動，堅持那是他一生最大的夢想，希望太太成全。當所有反對的理由統統失效，冷戰熱吵全不管用後，幾乎被煩死的太太終於想通了，誠懇地和丈夫說：

「我反對是心疼你吃苦，不過，這些天，我想來想去，人長這麼大，還有一些理想是幸福的。只要你考慮清楚，不管做什麼決定，我統統支持，如果你還是決定賣麵，爸爸那裡，我負責去遊說。」

說也奇怪，從那以後，丈夫絕口不再提賣麵的事，一樁原本以為相當棘手的事，忽然灰飛煙滅。那位太太嘆口氣下結論般說道：

「男人真是讓人想不通呀！」

延伸思考

有時，抱怨只是一種宣洩。人生的道理誰都懂，只是情緒來的時候，較難以控制。當另一半抱怨的時候，他未必需要正確的建言或道德教訓的提醒，他需要的是被理解，甚至得到共鳴的回饋。所以，此刻最理想的策略，要嘛就靜靜傾聽，要嘛就用肢體語言表達你的同情，甚至奮臂攘拳、同仇敵愾也在所不惜。這時，最聽不進去的是義正詞嚴的道德勸說。你越反對，他必越堅持，因為一直有人站到對面勸說，言語辯解就成當務之急；因為期待得到對方的理解，這時常常就淪為失去理性的抬槓。想要改行賣麵的丈夫一旦得到太太的支持，就有餘裕開始冷靜思考執行時可能得面對的諸多挑戰，他不再只是浪漫，他會回歸現實。正確的人生指南，就等情緒平緩後的適當時機再說吧。

愛，是用心被看見

有人問：「你們沒有常常在台中，老家園子裡怎能蒔花、種樹？」

「我們用自動灑水器。」我回，一旁丈夫哼哼兩聲。

有人問：「園子裡居然果實纍纍，你們有施肥嗎？」

「沒有啊！人傑地靈，我們是綠手指。」我回，一旁丈夫哼哼兩聲。

有人問：「院子裡的落葉、綠草，如何維護？」

「它們會自生自滅，不用擔心。」我回，一旁丈夫哼哼兩聲。

有人問：「院中的樹木需要剪枝嗎？」

「我們純任自然，萬物自有其存活之道。」我回，一旁丈夫又哼哼兩聲。

客人走了，我質問外子：

「一直在那裡哼來哼去！到底是怎樣啦！牙痛啊？」

外子冷笑不語，出到院中，戴上手套，拿起耙棍，在草皮上耙呀耙的，一堆又一堆的枯葉像一座座小尖山。外子把我叫出到院中，丟來一副手套，一個大袋子，說：

「讓你來為它們『自生自滅』吧。」

我訕訕然接過，開始彎腰撿取落葉至袋內，邊剪邊唉呦、唉呦地喊不是人幹的，腰痠背疼，感嘆說：

「『風不定，人初靜，明日落紅應滿徑』，詩人真會掰，聽起來好詩意，其實……」

丈夫冷冷接口：「撿拾落葉要人命。」

咦！還押韻哪。我忽然明晰記憶起：丈夫施肥時，從花架上撒下的陽光，曾閃亮了他的灰髮；耙葉時，一頭一身淋漓的汗水；拉藤時，刺破的雙手和刮到的臉頰上疼出了皺紋；一日，爬梯剪枝時，還從梯上差點翻落；一陣天旋地轉，到醫院掛了急診，原來抬頭望天，震動了耳石。「自生自滅」說，原來是太太記憶衰退。

延伸思考

很多事，經常被無視地忽略，被無感地視為理所當然。夫妻家常就這麼一日日轉為制式常態，不再新鮮。若能將眼、耳和心打開，眼觀四面、耳聽八方且經常用心思考，將會發現更多的美好值得感謝，理性地觀看有助情意的開發。夫妻的相處，有許多細節有待有心人用眼觀看、反覆咀嚼，將生出更多滋味。

愛，是一種持續的習慣

蜜月回來的那個星期假日，另一半正疲累地呼呼大睡，只聽得耳邊這廂妻子嬌柔的聲音：

「起來吃早餐囉！人家做了你最愛的清粥小菜，再不起來，都涼了！」

微微睜開眼睛，接觸到妻子無限深情的雙眼，另一半只好投降起身，沒想到從此種下了其後沒完沒了的麻煩。不管前一晚睡得多晚，每逢星期天早晨，他的妻必早早起床，認真做早點，然後到床前威脅利誘，讓他起身。他曾試著婉轉地和妻子溝通，要妻子睡晚些，不必辛苦做早餐，妻子不以為然地說：

「一點也不辛苦，平常吃早餐像打仗，星期天難得能從從容容和丈夫一塊兒享受早飯，再辛苦也值得。還沒出嫁前，我們在家就養成的習慣，我媽說：起來做早餐是維繫夫妻情感的不二法門……」

牽扯到情感的表達方式，事情就變得棘手；他不好再說什麼，只得勉力而為，掙扎著起身。日子久了，有時逢上星期六晚睡，次日仍得被迫早起，難免不有所怨言。妻子總說：

「又沒不讓你睡，只是讓你先起來吃了早餐，要睡再去睡嘛！」

問題是，起床吃過飯，誰還睡得著！但妻子辯稱：

「如果再睡後睡不著，就表示不需要睡；那就更證明早起是對的，作息正常最重要，一日之計在於晨啊！」

有一回，他實在太累了，硬是不肯起床，太太用很大的聲響將稀飯、小菜悉數倒進垃圾桶裡，繃著臉，不言不語好幾天，嚇得他從此不敢抗命。

有幾次，他奉命起床吃過早餐後，實在睏極了，又倒頭睡回籠覺；太太倒也不說什麼，只是很勤奮地進行著清潔工作。吸塵器的聲音，轟隆轟隆地在屋裡前前後後響著；最後，甚至兵臨城下，在他的床邊來回推動。他良知未泯，掙扎著想起身幫忙，被太太推回床上，說：

「你儘管睡，別理我，我馬上好。你累了那麼多天，該好好休息！」

他好不容易克服了愧疚之心重新進入夢鄉，朦朧之中，妻又進來，滿口抱歉地說：

「麻煩你再起來一下下就好，我換上乾淨床單後再睡，對不起哦！再晚點兒，太陽就跑了，抱歉哦！你睡你的。我洗完衣服、再摺好收下的衣服後，會上市場買菜，順便把報紙帶上來。冰箱裡有你最喜歡的冰鎮酸梅湯……躺下！躺下！你繼續睡，別理我。」

除非是喪心病狂，聽了這樣的話，誰還有膽繼續躺著。

終於，他的妻跟著岳父、岳母出國旅遊。他早早盼望著沒有妻子做早餐、催促起床的早晨，竊喜可以為所欲為的、放心大睡特睡。可不知怎的，到了星期天，卻一大早就睜開眼，再也無法入睡；躺在安靜的屋內，無端思念起曾經教他如此痛惡著的催促起床的聲音。

延伸思考

很多的事，不住在一起，絕對不會明白，就像故事裡的先生應該事先沒料到起床竟會成為婚姻裡的困擾。幸而，現代人對試婚不像當年的嚴厲看待；看來這位男士也很有彈性，願意從「惡」如流。久而久之，討厭的事也會成為一種不可或缺的習慣。世界之所以有趣，就是百花齊放；婚姻裡頭，有些掙扎、有些調適，或剛或柔，若能剛柔並濟共度難關，將來這些被視為瑕疵的一宗宗小事，都可以成為老後彼此取笑的談資，也未嘗不是趣事一樁。

愛，是彼此臭味相投

她一直沒學會整潔，打從小學開始，老師幾經更換，但是，她的成績單上的評語，倒是很有默契的，一貫是「和善、欠整齊」、「人緣不錯、整潔有待加強」之類的。母親每回看到這樣的評語，總是笑著說：

「糟囉！將來要嫁不出去囉！」

她雖然也想力圖雪恥，但總不知從何著手。高一那年，同學到家裡來，見大白天裡，她們家裡的蚊帳仍高掛著，帳內一床床拱形的棉被，似乎還殘留著早晨睡醒時的體溫，大驚失色，問她：

「你們早上起來可以不疊被子的呀？你媽真好。換做是我媽，我們都會被活活打死！」

她這才知道，原來早晨起床還有疊被子這回事。孩童時期不曉事，到朋友家，也不覺有何異樣，直到高中以後，愛美的天性開始抬頭，才隱約發現，同學家裡總是讓她驚豔：窗明几淨不說，窗簾桌布為平凡的處所平添若干婉約風情。然而，也不過僅止於豔羨而已，她是積重難返。

終於還是有人娶了她。第一幢房子很小，她託言空間擁擠，難以發揮，任憑整個屋子像颱風橫掃過後的景況；其後，搬到了大房子，她又藉口空間太大，整治不易，仍然讓四房一廳「像鬼拍到共款」。偶有朋友來訪，完全無處落座，客廳沙發上衣架橫陳，玩具頑強地霸占每一個角落，孩子的布鞋區，一直侵犯到客廳的半壁江山，零食遍布桌腳、茶几、牆邊，該或不該，已難辨識，她一逕從容地以強悍的手勁，用力一掃，將沙發上的林林總總掃到角落，然後，笑臉盈盈請坐。熟識的朋友在訝異之餘，不免尷尬地虛心請教：

「屋子有一點亂哦！這樣子，先生下班回來，不會有意見嗎？」

她笑得花枝亂顫，輕鬆以對：

「他有什麼資格說我？他呀，他比我還亂哪！有時，早晨起床，還可以從床褥裡尋出小鞋、衣架，說：難怪一晚上睡得不舒坦，原來有芒刺在背！」

夫妻倆倒真是有志一同，都聲言亂中有序。然而，羞惡之心，人皆有之，從朋友秩序井然、充滿美感經驗的屋子回來，他們總會週期性的奮發圖強一回：痛斥懶散、髒亂的孩子，丟掉整理出來的一卡車廢物，鋪上好事的朋友送的桌巾，布鞋退進櫥櫃裡……自制力極度薄弱的他們，覺得日子過得痛苦不安。於是，隔不了幾天，難移的本性又施施然潛回：桌巾髒得像抹布，布鞋節節進逼禁制區，零食七零八落，報紙成群結隊，公然坐到沙發上……世界又恢復他們所謂的亂中有序，夫妻倆自在地在混亂中，盡情地談笑。

延伸思考

有一種愛，雙方都沒按照課本中的道德教育規範《青年守則》走，但依然日升日落，愛情生生不息。他們依照自己的節奏，走出同樣的步伐，雖然在世人的眼中，或許有些不美觀，他們卻怡然自得。但還是想提醒：「整潔為強身之本。」一亂，勉予同意；髒，敬請止步。

愛，是雙方相互包容

大四那年，初次打工，賺到平生第一筆薪水，連同薪水袋，我悉數拿回家裡，母親接過後，取出鈔票點數完畢，突然開口說：

「國父的面，一張向面頂，一張向下腳，完全無秩序，講你多會做代誌，我嘸無愛相信！」

滿心以為會得到稱讚的我，委屈得差點兒掉下眼淚。母親的潔癖，無處不在，鍋碗瓢盤洗得晶亮不說，抽屜裡的衣物，平整妥貼，只要有人稍加翻動，立刻警覺；看過的報紙，疊在一起，像用刀子切過一般的整齊；隨時抽查我晾的衣服，要求必得像班兵教練圖般地整齊劃一。小時候，幫忙做家事，不管如何戰戰兢兢，總無法讓母親感到滿意。

我的母親為了我父親脫襪子的方式生氣了一輩子。父親脫襪子的方式是一隻從腳尖拉出，一隻從腳脖子拉下，變成一正一反。母親屢勸無效，卻越戰越勇，常常出言不遜：

「一個查埔人，幾十年來，就是無法度將一雙襪仔脫作仝（同）一邊，講你佇外口（在外頭）會多厲害我也不信！」

父親氣了，也反唇相譏：

「一个查某人，一日到晚只是計較一雙襪仔脫作什麼款，你講你做多少代誌我也無愛信！」

就這樣，我從小到大聽他們兩人為了一雙襪子吵個沒完，覺得好無稽。

沒想到我自己成家了，丈夫居然莫名其妙遺傳了他岳父的行徑。我自命為現代優質女性，不作興跟丈夫為此小事生氣，始則婉言相勸，丈夫也不似我父親，他有禮地道歉，並立刻將襪子翻成同一面。但畢竟跟我結婚時，已經三十歲，累積了至少二十餘年的脫襪經驗，真的不容易一夕改變。

我由柔聲勸導，正色警告，逐漸轉為聲色俱厲：

「你這個男人很奇怪欸！光是讓你襪子脫成同一邊有這麼難嗎？說你在外頭……」說到這裡，我忽然從前方的鏡子中看到自己的臉，竟然跟母親喝斥父親時的臉如此神似，語言也殊無二致，只是把台語轉成國語而已。外子把襪子翻過後，訕訕然走了。

我吞下沒講完的話，跌坐客廳沙發上思索：

「難道我也要重蹈父母的覆轍，為一雙襪子跟先生生氣一輩子？……」如果不想這樣，我能無怨無尤地幫他翻一輩子的襪子嗎？我完全知道自己的容忍度到哪裡，這是絕對做不到的。那麼，難道我的人生就只能不停受困在一雙襪子上嗎？

我忽然靈機一動：

「如果他怎麼脫，我就怎麼洗，也就那麼晾、那麼摺進櫃子裡，如何？他若就這麼穿出去，我又會有怎樣的損失？他應該也不至於因此怪罪我的疏懶吧。」

於是，一件看似難解的習題竟迎刃而解。

延伸思考

人生偶有小容忍是可以的，但是，太勉強的無怨無尤是不必要的。夫妻相處過程中，累積過多的委屈是危險的，要提防山洪爆發。從那次後，我曾偷偷觀察外子，他在穿襪前會自己翻邊，不曾見他穿著不同面目的襪子出門。話說回來，他若穿著一正一反的襪子出門去，只要他自己不介意，我又該有什麼意見！

另外補充一件趣事。一回去社教館演講人際關係。一上台，就發現滿堂聽眾間，有一位年約八十餘歲的滿頭白髮老婦人坐左前方。我還沒正式開講，她就開始微微打呼，我心想：偌大年紀，想怎麼就怎麼，還聽什麼人際關係！果然不是來聽講，是來享受社教館的冷氣的。

到演講快結束時，她忽然被笑聲驚醒吧，於是也開始加入聽講行列。當時，她看起來已經睡得很飽，精神奕奕地，又點頭、又拍手地熱烈回應。等到演講完畢，她擠過人群跑到台前，握著我的手說：

「廖教授，你今仔日的演講實在有夠讚。尤其講到脫襪仔彼件代誌，我太感動了！我活到八十五歲，和我先生車盤（計較）六十幾年，就攏是為著脫襪仔的代誌，我竟然無想到會當免幫伊反（翻）襪仔啦！原來伊安怎脫，我就安怎洗、安怎曝、安怎摺，我實在有夠飯桶啊！從今以後，我就按呢做……廖教授，你應該較早來演講的，我白白幫阮先生反襪仔翻那麼多年，想起來就生氣。」

愛，是有能力另類解讀

鄰居有位賣菜的太太，有天到家裡來串門子，含淚向我控訴先生是個大騙子：因為結婚多年，卻一直向她隱瞞自己是個文盲。最近，才從鄰居無心的言談中，發現這個猶如晴天霹靂的事實。她激憤地說：

「我當晚就問伊，伊只是無事人仝款講：『我什麼時陣騙過人，我九世人不曾講過我識字，你也不曾問過我，這款見笑死的代誌有啥米好講的。……』你看這種人有可惡否！不止按呢，還給我想到當初和伊交往時，伊猶敢在上衣袋仔底插一枝原子筆。騙肖也，毋識字，插筆做啥物！去坐公車時，還假仙佇遐（在那裡）看站牌，這不是騙人是什麼？」

我聽了，忍不住忘形地哈哈大笑起來，讚道：

「哇！你先生實在有夠巧！」

那婦人用哀怨的眼神譴責我：

「不是恁先生，你當然按呢講！予你碰上，你才知有多衰！……」

我趕緊收拾起笑容，像醫生問診一樣，正色問她：

「那你還沒發現伊是文盲之前，你們生活有什麼不方便嗎？」

「是沒什物無方便啦！……擱毋正猴（還真有本事）哩！在市場賣菜的時陣，算帳擱比我要較緊（快）哩！」

「既然沒有什麼不方便，識字抑是毋識字又有什麼關係！」

婦人被我這麼一說，愣了一下，不甘心地反駁道：

「話毋是按呢講，不識字就不識字嘛！騙人做啥！我就最討厭人家騙我！」

於是，我直搗問題核心：

「如果你早知道他是文盲，你還會嫁給他嗎？」

「也不是頭殼歹去！誰會嫁予一個青瞑牛（文盲）！好歹阮猶是國中畢業的哩！」

「對！答案終於出來了。他不認得字，卻在上衣口袋插筆、在站牌下裝模作樣，就是存心騙你，讓你上當！他為什麼要這樣千方百計地騙你？你知道嗎？」

「誰知道！伊神經啊！」婦人負氣地回答。

「我知道！因為他愛你！不想失去你，所以用盡心機要騙你到手，因為，如果他告訴你實話，你就鐵定不肯嫁他！……想一想，有人這麼愛著你，你多幸福。換作是你，你肯冒著這麼大的風險去騙人嗎？萬一，有人當場要他掏出筆來寫個什麼字的，這不就糗大了嗎？堂堂七尺之軀，你以為他這樣做，不需要幾分勇氣嗎？你看，他有多愛你，為你做了這麼刺激的事。」

婦人吃驚得半天說不出話來，隨後囁嚅著說：

「哪會變作這款！……嫁著毋識字的人反倒轉是我的幸福！你們這種讀冊人就是會曉講話，橫直我講袂贏你！……」

婦人表情怪異地走了。過沒幾天，我在市場又遇見她，問她想通了沒？她挺個大肚子，無奈地說：

「想袂通也無法度，囡仔已經兩個半，要無，是要安怎！」

婦人終究還是選擇和遺憾妥協，也許，她也明白若一意向天、或向人求取公道，反而得付出更多的代價，或是給自己帶來更大的遺憾。

然而，委委屈屈地妥協終不如歡歡喜喜地接受。另一位我素所敬重的朋友，在接受遺憾方面，顯然較這位婦人的境界更高了。她對兩位資質平庸的孩子，有異於常人的評價：

「我這兩個女兒，長得雖說不是很漂亮，但是很有人緣；雖然功課平平，但是很乖，從來沒有給我找過麻煩；雖然反應不是那麼快，但是人很厚道，不像很多伶牙俐齒的孩子一樣張牙舞爪；雖然婆婆老叨唸著要我再生個兒子，其實，她不知道女兒貼心啊！」

而對她那位又矮又胖、又囉嗦又委瑣的丈夫的詮釋，更是讓人歎為觀止：

「你別看他矮，矮人聰明啊；別以為他胖，肌肉結實得很；雖然有一點囉嗦，但還不都是為孩子好；虧他會東挑西選、討價還價，錢摳得緊，要不然，憑我們那麼點兒死薪水，房子貸款哪能那麼快還清！」

壯哉！斯人斯言。一個人能如此寬闊地詮釋人生，遺憾其奈她何！

延伸思考

只要活著，就會遇見驚奇，但也常不免於遺憾。這時，如何估量形勢或轉換心情就看智慧。任誰都有憧憬，當憧憬在現實裡破滅，就得開始權衡輕重。雖然沒有學歷，卻有經歷；雖然不盡理想，卻也不致妨礙正常運作。遺憾既已成為事實，就來尋索其他的詮釋空間。啊！荒謬的行徑裡原是隱藏著高度的冒險性，而冒險凸顯的正是愛情的濃度，值得珍惜回味一生的呀。

愛，是點滴變湧泉

手機響了，我忙著打電腦，外子四處找，終於找到後，手機斷線。看看來電顯示，外子說：「兒子。」我回撥，跟兒子說了半天話，掛斷，外子一語不發。

我問：「你為什麼不問我：兒子打電話來幹什麼？」外子：「幹什麼？」我：「不告訴你。」

靜默五分鐘。

我：「你一點都不好奇？」先生：「好奇什麼？有正事，你還會等我問！」我氣了：「兒子要結婚，算不算正事？」先生：「算。」

又五分鐘過去。

我又叫：「把拔！」先生：「嗯！」

又五分鐘過去。

我提示：「你還是不往下問我後續？」

先生：「請說！」

誰敢說女人的囉嗦，不是男人的「沉默是金」害的。

我曾看過一個女人，很瘦，眼睛出奇的大且凹陷，整張臉的表情就像一個大大的驚嘆號，似乎無法從曾經的驚嚇中恢復過來。另有一位朋友，做事猶疑，臉上一逕是納悶的表情，好似永遠拿不出主意來，她的臉就像一個囁嚅的問號。阮尪後來從沉默是金轉變成一個刪節號！他幾乎很少完整說完一句話，像神諭一樣，充滿多元的可能。

「我說你這人就是……」你若繼續問他：「是什麼？」他一定笑而不答。我總接著故意出選擇題給他做：「我說你這人就是太過溫柔？十分熱心？冰雪聰明？還是能幹麻利？四選一吧！這樣夠簡單吧？」選項看似簡單，卻沒有一樣合意，其實，他內心裡的OS最可能的是：「太過雞婆！」

「這個味道很……」你若繼續問他：「很如何？」他一定搖頭晃腦說：「你知道的。」

「很夠味兒！」賓果！這回他心悅誠服地點頭。

「別說我沒告訴你，到時候你就……」聲音越來越小。

「我就怎樣？」你追根究柢，他低聲轉頭嘟囔著：「別說我沒先告訴你。」什麼跟什麼呀！

我每天忙著給他的刪節號填充可能的正確答案，他刪我填，然後再自問自答，忙得不亦樂乎。他則老神在在，或笑而不答，或在我提供給他的答案中選擇一個安全的說法。

經過了一段歲月後，這位沉默的男子有了可觀的進展，從點滴躍升為湧泉。

都會開車的夫妻長期同車而從未翻臉者鮮矣。曾聽詩人席慕蓉說，她開車，先生坐旁邊，下車腳痛，因為屢屢在一旁幫她煞車；丈夫開車，她心痛，嫌太慢、過分謹慎，老痛恨他幹嘛那麼溫吞。所以，他們夫妻盡量不同車，各開各的。

夫妻一起開車，我貪快，總想著遠方的綠燈就快翻紅，一路追綠燈。這時，外子總愛在旁邊不時用高亢嚇人的音調高喊：「小心！」攪得我心煩意亂；且還喜歡囉哩囉嗦地提醒這、提醒那的。車子剛發動，他就說：「開燈！」手剛轉開燈，接著：「後照鏡！」然後：「安全帶！」拿我當小學生看待，挺讓人不舒坦的。而他開車規矩特多，禮讓路上的行人自不在話下，黃燈還沒亮，他已經停下等紅燈了。我承認我心急，但明明在直行車道上，還禮讓轉彎車輛，讓對方駕駛不知所措，也未免過分了些。

從台北南下回台中，到最後一個轉彎路燈時，他又指導：

「綠燈，可以轉彎。」

「謝謝指教，老師。」我沒好氣地回他。

「你以為像我這樣每天急著闖黃燈的人，難道會放過綠燈嗎？」

「誰知道！也許正說著話沒注意到，提醒一下嘛！」他說。

「像這種簡單的交通號誌，就請不用雞婆了。等我錯過了，你再來糾正，行嗎？」

「到時候，你又要怪我沒提醒你，害你錯過轉彎。」他又說。

「呦！最近口齒很伶俐哦！頗有青出於藍而勝於藍的態勢哦！」我嘲諷他。

「沒辦法，求生存嘛！」他嘆了口氣。

延伸思考

夫妻原來是可以相互切磋的，這是典型的例證。我認為外子之所以開始言談機趣，是因看到我和子女熱烈的言語互動而心生羨慕，進而模仿；丈夫辯稱，幽默是他本來既有的潛質，只是被年幼貧窮的家庭給壓抑了。

不管模仿或潛能開發，證明每個人對溝通都有所嚮往，對家人的相互靠近都願意盡力練習。

愛，是夫妻相互幫襯

外子的一生，充滿壓抑。自幼，家境不好，母親長年哮喘，身為老大的他，便和大妹很認分地擔負起所有的家務。如：到屋後的山上撿拾柴火、捆草茵、用大灶燒火做飯，或是扛家具到屋前埤口的河水中洗滌，甚或幫弟弟妹妹繡學號等，他都不辭辛勞，全力以赴。出嫁歸寧的姑姑，看到小小年紀的他，拿著鍋鏟在大灶間翻弄，居然也勉力推出了好幾道鹹淡失調的菜肴來待客，回娘家的姑姑不禁感動地掉下了眼淚。

他習慣委屈自己，成全家人，結婚以後，習慣不改，操勞一如往昔，捨不得支使孩子和老婆。好吃好用的，絕不占先；用心勞力者，絕不企求苟免。十幾年來，他任勞任怨，毫無怨言，我和孩子看在眼裡，感念在心，決定在他五十大壽時，給他一個驚喜。

我和兩個孩子，殫精竭慮，竟發現多年來他做先生、做父親、做兒子、做長官、做部屬、做兄長……獨獨忘了做自己。三人怎麼也想不起來有什麼屬於他個人的好惡。只常聽他充滿憧憬地說：

「其實，我本性應該是屬於藝術的，因家境的關係，不敢選擇自己的最愛，只有順應環境，投筆從戎，並選擇一般認為容易謀生的理工科系。其實，深心裡，從未對藝術忘情……如果有來生，又能自由抉擇，我一定要拾起畫筆，恣意揮灑。」

我們發現，在屬於他的一個私密抽屜裡，偷偷藏著幾張幼年時期得到的美術比賽獎狀。多年來，他一直維持親手繪製母親卡、聖誕卡的習慣。在國外求學時，還不時在風雪的夜裡，為當時猶然稚齡的孩子畫各式各樣的畫片寄回，而閒暇時的休閒活動，他也多半給了畫廊和美術館。

「人生如果可以重來呀？……嗯！不會再想從事理工的行業了，大概會試試自己是否能畫畫吧！」

在一次假設性的問答時，他如此回答孩子們提出的問題。

於是，家人決定為男人圓夢，讓他不必等到來生，不必只停留在幻想。為家庭付出了半輩子的他，有足夠的資格得到他想要的東西，我們偷偷四處找尋、比價，終於在家裡附近的轉角處，為他購得了一個小小的畫室，讓他得以有個以「畫」會友的所在，一圓長久以來的夢想。

外子得知時，是個下班的黃昏，他站在裝潢過後的畫室裡，環顧左右，恍如夢寐，驚喜地掉下淚來。

延伸思考

人的一生隨著歲月的更迭，常常需要扮演越來越多的角色。從子女、夫妻到為人父母、祖父母；從下屬到長官；從學生到師長……一路走來，有的人只記得有我，「我執」太甚；有的卻常常忘我，奉獻太多。兩者都可做適度的調整。

在家庭中，經常擔任犧牲角色的人，自己未必覺得委屈；但是，若是奉獻能被家人看見，甚至進而得到報償，相信會是非常大的鼓勵與安慰。夫妻關係的經營方法多端，時日久常，涓滴細流，只緣不忘初衷。

第三章

對荒謬微笑

人生的最痛是永遠無法和既定的遺憾抗衡，這些遺憾有的可歸咎於選擇失當，有些是因為人謀不臧，可是，還有很大一部分，甚至連個理由都遍尋不著。學業一路順風的高學歷父母，最遺憾的莫過於面對怎麼教都無法開竅的兒女；身強體健的夫妻，不明原因地生不出孩子；認真工作的員工，被莫名其妙地裁員；最被民意肯定的官員，在大搬風的內閣改組中落得淚眼迷離……雖說，君子無入而不自得，但生就動靜合宜的真君子少，一般人總還得經過一番克己復禮的功夫。因此，當愛褪色或變色時，如何對荒謬微笑，如何設法和遺憾妥協，或者化解遺憾，甚至尋求平心靜氣的終結之道，就變成畢生學習的重要課題。讓我們來看看幾個讓人遺憾的案例。

落入凡間的貴族

和男子結婚前，天天聽他滿腔熱血的規劃生涯、天馬行空的馳騁想像，深受感動。她自己是個最缺乏想像力的人，凡事眼見為實，簡直無法相信一個人對自己能有如此璀璨的憧憬，她一方面覺得駭異，一方面亦覺羨慕。基於夫妻互補理論，她很快決定將天真浪漫納入下半輩子的生活中，一雪常常被譏「缺乏生活情趣」的惡名。

然而，她終究是個務實的女人，雖然，執意從另一個角度來窺探人生，但卻舉步維艱，這才發現理性與感性原是咫尺天涯。婚後的男人，依舊熱情洋溢、壯志凌雲，只是，現實殘酷，陳義過高的理想與抱負注定在其間碎紛紛，仙風道骨的精靈霎時成了落地的凡骨俗胎。

「龍困淺灘啊！」他不時怨恨時運不濟、有志難伸。

她見他走過橋、行過溪、爬過山，一路蜿蜒崎嶇，就是到不了對岸，也覺造化弄人。怎麼他所經歷，觸處俱是凶險？分家後，他得了一大筆款項，投資股票，逢上股市崩盤；到大陸投資，生死與共的夥伴卻莫名其妙捲款潛逃；連規規矩矩經營印刷廠，都被經營不善的雜誌社拖垮，搞得血本無歸……兄弟姊妹個個都發展得有聲有色，而霉運似乎和他如影隨形，一個個爛攤子端賴兄弟合力收拾；然畢竟是四十多歲的人了，各家都有各自的生計，兄弟不計較，嫂子、弟婦臉色一次比一次難看，見了面，連客套話都說不出，他雖知理屈，卻仍恨世情涼薄，於是，他租了牌照，買了輛二手車，發狠放下身段，開起計程車來。

太太見他立誓自立更生，心疼他坐慣總經理的大椅子，驀地淪為滿街來去、招之即來的司機，便格外對他百依百順。他原是大戶人家的子弟，雖然落魄，出手仍然闊綽，賺來的血汗錢常不敵一餐之資，太太也不敢有所怨言。以此之故，她開始挨家挨戶直銷貨品，原只為貼補家用，沒想到無心插柳柳成蔭，讓她闖出了名堂，小賺了一筆。

計程車開久了，結交了一些他原先十分看不起的司機同伴。先前的靦腆一變而成江湖俠氣，吹牛的因子，蠢蠢欲動。他誇誇其言，大談昔日風光，吹牛今日實力不減，他把妻子的成績毫不客氣攬為己有。時日一久，同伴有難，要求紓困，他沒得選擇，只能拍著胸脯，答應仗義疏財，回家再硬著頭皮向老婆要求幫忙。她以為一時應急，二話不說，即刻提錢供應；沒想到善門一開，後患不斷，她每賺得一筆錢，強求兌現的遠期支票便等在那兒，她覺得自己就像那捕蟬的螳螂，永遠有吃人的黃雀在後虎視眈眈，而疲於奔命的結果只換來連續跳票。當她驚覺自己正被男人拖著一步步趨於滅頂，再不肯拿出錢來時，男子卻為了朋友，負氣離家。

她終於了然這位浪漫的男人為何至今一事無成，她一直相信他所說的是「龍困淺灘」，如今方知不然。他是「分義情深、妻子意淺，捐棄家室、求贖友朋」的今之古人，可惜的是，他生錯了時代，這時代哪還談什麼義！他為朋友掏心掏肺，朋友卻如虎似狼般視他的天真未泯為可欺，將他的心肺一同吞下！

延伸思考

個人的際遇往往和時代緊密捆綁，遇上瞬息萬變的年代，雲泥殊路往往只在一線之隔。貴族一旦淪為平民，遇上諸多的適應困難也是可以理解。窮途末路卻難忘當年輝煌，大哥當久了，就算淪為小弟，也要維持某種的身段。為了顧及丈夫的臉面，卻濟急自陷，此例一開，後患無窮。

沒有魄力拒絕的人，注定成為脫身不得的濫好人。第一筆借款給或不給，將決定你的未來是短暫的苦惱抑或長期的騷擾，能不戒慎乎！

退休後的可怕戀物癖

自從退休後，男人開始了他嚴重的戀物癖：聲言保護環境，輕易不肯丟掉東西外，還喜歡囤積居奇，不時買一些太太眼中所謂的「破銅爛鐵」，家裡成了密度最高的儲藏室，誰要敢提議丟掉什麼東西，他就打定主意跟誰拚命。家具一樣一樣添購，瘸了腿的板凳、破了洞的躺椅卻仍癱坐一角，客廳像家具展示場；堆在書房的舊報紙、舊雜誌沿著牆角一直氾濫到臥室的一角；前後陽台是早就淪陷了！從他從軍時穿的馬靴到孩子嬰兒時期的學步椅；從古早的熱水瓶到堆積如山的老花盆及再也發不出聲音的二胡，一應俱全，像舊貨攤般，每樣都承載著等待回首的記憶。其間，還間列著不時從外頭撿回的看似完整、卻絕對派不上用場的收音機、瓦斯爐、觀音像……

一家四口，挨挨擠擠地在有限的剩餘空間摩肩接踵，落腳時得步步為營；高亢的嗓音在三十餘坪的屋子裡像火苗一般跳動流竄，一下子就將臉孔燃燒得紅豔豔，大夥兒的脾氣動不動就上來。太太的話當然是不聽的，孩子們的抗議亦只是耳邊風，似乎除了忍耐以外，眾人皆束手無策。

機會終於來了！男人回大陸探親去了。其餘的三口人在機場的入關處和男人揮手道別的剎那，心裡不約而同陰陰盤算著如何藉機剷除心頭之惡。兒子年紀長些，膽子大了點，回家第一件事，將客廳一座皮破座斜的舊酒櫃給扔了；女兒害怕太明目張膽，只偷偷將侵占到她臥房的《傳記文學》送至回收車，太太不敢輕舉妄動，決定靜觀其變，再策畫後續。

二十天後，男人將帶去的錢撒盡歸來，看到櫃子失蹤，聽說是兒子的傑作，悶不吭聲。第二天傍晚，一座更大的櫥櫃由兩條大漢扛進家門，將原先尚存一絲空隙的地方填得密不通風，全家人捶胸頓足、悔不當初；第四天，他發現《傳記文學》不翼而飛！知是女兒的主意，當下闢室與女兒長談，曉以文學之重要、傳記之當道並及舊雜誌之經濟價值，疲勞轟炸長達兩小時之久，女兒從裡屋出來，首如飛蓬、眼神渙散。

第二回遠行，兩個孩子得了教訓，再也不敢率爾行事；太太掙扎很久，心存僥倖，在他進門前的剎那，鐵了心地將一只搖搖晃晃懸掛三十年不曾用過的鳥籠丟到附近的垃圾子母車裡。說來也邪門，男人居然一進門，眼珠子一轉，便立刻發現癥結所在。探知是太太斗膽，便大發雷霆破口大罵，聲色之厲，前所未見；嚇得太太操起手電筒，連夜飛奔爬進垃圾子母車裡，東掏西撈，差點兒將自身葬身垃圾堆中，才僥倖將鳥籠尋回，平息了一場幾乎無法收拾的大風波。

東西越堆越多，實在已至不堪負荷地步！他搔首踟躕，夜不成寐，起身摸索著跨過重重家具，在燈下細細計算，決定將身邊僅剩的積蓄買一間附近的套房，專門來置放這些收藏的東西，他告訴自己：

「將來這些可都是古董，價值連城，這樣的投資絕對划算。何況，現代社會風氣太奢靡了，也該教會孩子不可暴殄天物！古聖先賢不是說『一粥一飯，當思來處不易，半絲半縷，恆念物力維艱』嗎！」

他覺得自己任重道遠且高瞻遠矚，在第二天的早餐裡，義正辭嚴地宣布他的決定。太太立刻白了頭、孩子霎時白了臉，三人齊齊喊了聲：

「我的天呀！」

延伸思考

年紀大了，又從職場退休，生命的重心陡然傾斜，有時，會產生某種偏執的想像，擴大從前沒完成的座右銘或心願，前述的老先生就將自己定位在節儉與收藏上。氾濫成災的囤積，不但侵犯居住空間，其實也易造成環境髒亂。但年紀大的人尤其重視生命經驗，聽不見建言，容不得反撲。值得即將退休或已然退休的人引為借鏡。

細節詳盡的敘述

結婚二十週年，兩人歡歡喜喜找了家情調不錯的西餐店慶祝。食物十分精美，談得也很開心，二十年來，雖然大小的吵架不斷，總算都能化險為夷，兩人共同回首往事，笑談兒女種種，不禁眼眶微潤。夜漸黑，侍者輕手輕腳為每一桌點上燭火，搖曳的燭光、浪漫的音樂，許久沒有這麼羅曼蒂克了，結婚前，他們常常在西餐廳約會的，這些年來，甘為孺子牛，粗礪的生活，連音樂都嫌奢侈。怕不有也接近十六、七年了吧！除了應酬外，夫妻單獨相偕在外約會，恐是頭一遭哪！

侍者彎著腰，撤走了碟盤，輕聲問道：

「附餐要咖啡？還是紅茶？」

太太要了杯熱咖啡，先生點了紅茶。侍者正待退下，先生突然叫住他，不放心地交代：

「紅茶裡不要給我加糖。」

侍者允諾後，先生猶自補充說明：

「因為我有糖尿病，不能多吃糖。三酸甘油酯過高，血壓也不正常，還有尿酸不對，肝功能……」

侍者聽了他冗長的病歷後，彎身退下。太太不可思議地看著燭光下先生的臉，憤恨地質問：

「為什麼你要告訴他那麼多？你是唯恐天下人不知道你有這麼多的毛病嗎？」

先生也火大了，大聲地回說：

「怎麼，我有這麼多的病痛礙著誰了！為什麼就不能說？為什麼每次你總是等在那兒抓我的毛病？……」

於是，高高興興的一頓飯，弄得不歡而散，紅茶、咖啡全沒喝成，兩人都賭咒絕不再一塊兒出來。

事後，兩人分別振振有辭地向朋友訴苦，都覺自己委屈不已，對方無聊透頂。太太說：

「人老了，越變越怪異，怎麼也想不透他為什麼要這麼做！莫名其妙！」

太太堅持用自己的思維模式來怪罪對方的無稽，不肯多花一些些的耐性來探究事出的原因。而先生對自己這麼個奇怪的舉動也有嚴正的辯解：

「餐廳裡的紅茶，常常在端出來之前，先就加了糖，我可不願意讓別人以為我是個麻煩的人。我要讓他知道，我之所以叫他別加糖是有不得已的苦衷的。」

這位先生堅持用很麻煩的方法來證明自己是一個不麻煩的人。夫妻兩人各有堅持，無能做深度的溝通，人生因之經常「化玉帛為干戈」，使得生活品質無由提升。於是，類似以下這般無謂的爭執便充斥於周遭：

「太太，切些哈蜜瓜來吃吧！」

「聽說有糖尿病的人不能多吃哈蜜瓜，多吃血糖會太高！」

「我哪有多吃！連瓜都還沒見到哪！莫名其妙！」

「我哪有說你多吃！奇怪欸！我只是告訴你不能多吃，連這樣也有得吵！」

「就想吃一片哈蜜瓜而已，囉哩囉嗦的！不吃總可以吧！都留給你吃總行了吧！煩死了！……」

「你這個人才真是莫名其妙哪！說都不能說，民國都建立了，你還搞專制啊！」

延伸思考

善意的關懷被扭曲成惡意的干涉，人間因而少掉許多美麗的風景。蘇東坡云：「橫看成嶺側成峰，遠近高低各不同。」最能道盡人生世相。因所站角度不同而對事情有不同的看法乃理之自然，學習站到對方的角度去思考問題，是溝通的不二法門。在這個變動不居的時代，堅持站在自己的位置去詮釋所有的世相，並強調唯一的選擇，常常是種錯誤。

不該隱忍的暴力

原本是個溫和的男子，怎麼也想不到會變成後來的樣子。交往期間，他多愁善感，常為悲傷的故事落淚。一回，和他一起看了日本導演小津安二郎的《東京物語》出來，夕陽餘暉下，見他眼睛、鼻子全紅了，不由得心念一動，想到必定會是個溫柔的丈夫，便對他另眼相看起來。

誰知，婚後不到半年，他便原形畢露。

事情的發生，非常突然。為了一個小問題，他大發雷霆，把桌上的東西全掀翻了！她覺得奇怪，和他爭論了起來，他居然一拳揮了過來，她沒防備，跌了一大跤，他甚至還欺身過來，抓著她的頭髮，將頭往牆上重重撞擊，歇斯底里地喊著：

「你給我閉嘴！聽到沒有？我說：你給我閉嘴！……」

她被他可怕的神情嚇著了，驚得大叫，他似是得到鼓勵般的，拳腳越發俐落起來，一直到她幾乎暈厥，方才罷手。

她簡直不敢相信發生在自己身上的事，以為是一場惡夢。但是，映照在鏡中的青腫的眼鼻，卻鐵證如山地宣布了事實——她挨揍了！揍她的，不是別人，正是曾經柔情似水的丈夫。施暴過後的男人，一夜未歸，次日清晨，回到家中，既羞且愧地在她跟前懺悔。他滿臉鬍渣，眼淚鼻涕淌了一臉，並信誓旦旦，絕無再犯之可能。一個大男人哭得像個可憐的孩子，她一時心軟，便原諒了他。兩人相擁而泣，覺得感情似乎比先前更加親密幾分。

其後，兩人雖都小心翼翼，但是，她發現男人的自制力極為薄弱，小小事情經常被他擴大成不能承受之重。生活的每個角落，像是埋下了地雷般，處處都有爆炸的可能。儘管她戰戰兢兢，卻仍然免不了可怕的風暴侵襲。不知什麼時候、什麼事，男人一不順心，就拳打腳踢外帶言詞侮辱。事後，當她心灰意冷、決心離開之際，他又以低得不能再低的姿態，哀告討饒、苦苦糾纏，接著，兩人和好如初。

她的感覺很複雜。她發現在整個被施暴的過程中，自己常自現場抽離出來，高高地觀照整個過程，對堅毅承受暴力的自己敬佩有加，對痛哭流涕的男人則無限悲憫。有一回，她甚至發現，在說不出的厭惡中，居然隱隱夾帶著幾分莫名的期待，彷彿期待享受施暴過後男人的溫柔，那一刻，她簡直唾棄自己。

起初，暴力事件讓她覺得顏面盡失，她盡量掩飾，不敢告訴別人。其後，事態擴大，再也掩蓋不住時，她乾脆四處張揚、訴苦，倚賴別人的同情度日。朋友們聽說了，都義憤填膺，紛紛勸她離婚算了，她卻又立即站到男人那邊，情辭懇摯地為他辯護，把朋友弄得啼笑皆非。

於是，地老天荒的，夫妻倆不停地在生活的隙縫中難堪掙扎：飽以老拳、悲傷自憐、流淚道歉、相擁而泣，周而復始。

延伸思考

家暴不是小事情，是大問題。受害者通常都是經過很長的一段煎熬過程，因為加害者通常很討喜，很會畫大餅、說夢想，但一經質疑立刻翻臉。事後，會用誠懇的態度，高明的話術為自己的行為辯解，或是怪東怪西，或是信誓旦旦一定會改過，要求別人寬容。

而且，家暴的傷害行為常被掩蓋或威脅不得聲張外揚；工商社會，鄰里的關係淡薄，外人也常袖手旁觀，不願介入或協助，更助長家暴事件的發生。家暴之所以特別可怕，因為有前科者，如果加以姑息，非常容易淪為慣犯，毛病不易戒斷。容易感動和容易激動是兩回事，交往時，要嚴加區分，不容混淆，否則真的後患無窮。

不死心的宰制慾

「我認為」、「不！不！你聽我說」、「你知道我的意思了吧？」「我就說嘛！你就是不聽我的」……當這些語彙經常出現在言談中，我們就得開始自我警惕——我是不是個固執、自以為是的人了？這些口頭禪密集出現，通常代表著性格裡埋藏著強烈的宰制慾，只管自己、凡事由自我出發。換句話說，這種人往往以自以為是的方法進行溝通，而不肯用心去尋求雙方都認同的方式，結果當然是適得其反。跟他接觸的人不但完全無法接收到他的善意，甚至還討厭他的專制。這樣的人格特質落實在生活當中，便是支配慾強、喜歡幫別人做決定、執念甚深、常在無謂的事情上堅持自己的想法，絕不稍加妥協，完全杜絕人際的溝通。

支配的確是一件讓人非常愉悅的事，這由全世界各地選舉時，總不乏摩拳擦掌、躍躍欲試者，可以證之。雖說「民之所欲，常在我心」，但人民之「欲」，說來抽象，能由「我心」來斷定「民欲」，正是最大的支配。一朝權力在握，所有資源盡由我來支配，高踞上位，呼風喚雨，看著底下想要支配次等資源的人，惶惶惑惑等待關愛的眼神，真是好不愉悅！所以，一旦嘗過權力的滋味，恐怕是畢生都難以忘懷。

升斗小民，雖然沒有大資源可供支配，但支配慾並不減於政治人物，有些夫妻一生致力於支配爭奪戰，從開車的路線、另一半的打扮、家用的分配、家具的擺設、孩子的教養，到選舉哪一個黨派，無不全力以赴。凡不符其支配者，皆打入亂黨之流，不厭其煩地詳加再教育，直到對方不堪其擾而投降，方才罷休。

一位先生提到他那位有著強烈支配慾的太太時，苦笑著說：

「有一回，太太端出了一盤葡萄，我邊看電視邊吃，一不留神，把它全吃光了，太太從廚房出來，氣得罵道：『就不能留一點嗎？非得吃光光嗎？』我自知理虧，只能陪笑道歉了事。過沒幾天，太太又端出一盤葡萄，我吃著、吃著，突然想到前車之鑑，趕緊留下一些。太太從裡屋出來，看到留下的葡萄，又破口大罵：『奇怪欸！留這幾個葡萄幹什麼，就不會吃光嗎？吃光了好讓人洗盤子呀！』你說，娶到這種太太，倒不倒楣？」

他笑稱他們家沒法治，完全是人治。

另外，一位滿腹狐疑的太太，則是對她先生多少年來的行逕百思不解，她氣憤地訴苦道：

「從結婚到現在，他一直拚命地幫我買東西。剛開始，偷偷拿著我的一隻高跟鞋，在大太陽下，走遍中山北路，為我找一雙又貴又漂亮的鞋子，我差點感動得痛哭流涕。但試穿之下，發現不大合腳，也不怎麼好看，覺得好可惜。於是，我含笑謝他之餘，請求他下回務必帶我前去挑選。他雖滿口答應，但沒過幾天，又偷偷帶著我的衣服尺碼出去，為我挑回一件價值不菲的套裝，喜孜孜地叫我穿看看，可惜還是不甚合身。

從那以後的十多年來，不管我如何翻臉反對，他還是不斷地為我買回各式各樣的衣服鞋襪，每次為此吵架，他總賭咒發誓：『下回再幫你買東西，我就是小狗！』他就這麼不停地做了十餘年的小狗。有一回，我氣極了！把剛買回來的毛衣從四樓丟下去，也只讓他灰心了一個月。一個月後，他又越挫越勇，變本加厲地買，真把我氣死了！我是怎麼想都想不明白他到底是什麼毛病！」

這般不死心的先生，確實讓人感到無限的好奇。在一個秋高氣爽的午後，我終於有機會見識到這位永不灰心的奇人。趁著他太太走開的當兒，我按捺不住地試探原委：

「既然你太太這麼不識好歹，你又何必多費事，為什麼不乾脆讓她自己去買算了！」

這位丈夫露出不以為然的表情糾正我：

「這你就不明白了，多少年來，我就希望給她一個驚喜，我就不信沒辦法買到一樣讓她完全滿意的東西！」

說到這兒，他還四下張望了一下，然後，壓低了聲音告訴我：

「何況，後來我發現她並不是真的不喜歡，她是純粹為反對而反對，上回，我就看到她把當我面丟掉的毛衣，又撿回來穿。你不知道啦！……她跟我這麼多年，我會不了解她！」

一番話真聽得我瞠目結舌。這位先生在支配慾作祟下，視太太的需求如無物，他稱呼自己買東西叫「必要消費」，太太用錢，則一律斥為「無謂的浪費」。

延伸思考

這位愛shopping和前述「葡萄事件」的太太同樣患了「支配症候群」，武斷地認定我心所想，即是別人的所「欲」，這種毛病，據説已和AIDS同列世紀黑死病，到目前為止，不但還沒發現有效的治癒良方，而且，病症詭異，發作時，患者極度舒爽，而周遭和他打交道的人則痛苦萬狀。可怕的是，病患通常頑強抗拒患病事實，怡然享受舒爽病症，因此，看官交友、擇偶，可得培養洞燭機先的眼光，小心走避，否則，後患無窮！

雖然治癒不易，但仍勉力提供藥方一副：對付宰制慾強的shopping狂，要夠心狠。狠狠地丟掉幾次他購買的最貴衣物，而且，絕對不可因為「穿」之無味，棄之可惜，又撿回來穿，否則將全功盡棄。

忍痛棄守自己的天空

人生在世，不如意事十常八九。所以，學會接受現實、對荒謬微笑、和遺憾握手，都是必修的人生課題。承認只要是人都有未盡之處，不要刻意求全。日本名導演小津安二郎，一生拍攝無數家庭劇，致力於家庭問題的探討。他的電影中，最常揭櫫的主題便是在流轉的無常世界裡，如何適度地和生命妥協、接受自己，也寬諒他人。

一對夫妻胼手胝足，終於也開出了一片天，幼稚園的規模越來越大，口碑越來越好，方圓幾公里內的人家紛紛以能將孩子送進他們的學校為榮。她雖實際主持園務，卻只是掛名的園長，實際上並不具備園長的任用資格；他是基層公務人員，所以只能退居幕後，負擔起所有瑣碎的工作及諸多不可能預知的突發狀況。他們用盡心思，投注心力，想點子，吸收新知，到處觀摩，訂閱各種相關雜誌，小至小朋友吃的點心，大至課程的規劃，無不全力以赴。

園童超過七百人，老師的需求量越來越多，但有耐心的好老師不多，尤其是有資格的園長，常常拿翹，動不動拂袖而去，讓他們深感困擾。有幾次，她不經意間提及再進修以取得資格的構想，他沒加考慮地一口否決：

「幹嘛啊！你以為你還年輕呀！跟一群年輕人去競爭，你不累，我想著就累。你考得上嗎？……只要待遇稍稍提高些，還怕請不到人？要這麼麻煩，自己來？」

她不死心，偷偷準備著功課。機會終於來了！她背著丈夫，參加幼教師資培訓考試，居然考上了。她興奮莫名且迫不及待地告訴丈夫這個好消息，沒想到，被兜頭潑了一盆冷水，他冷冷地說：

「看你是要不管丈夫死活去上課，還是乖乖留在家裡，二選一，自己好好想想！」

她簡直詫異極了！「去上課」居然等同「不管丈夫死活」，這是什麼邏輯！她要同他說理，他不管，堅持只有這兩條路可以選擇。她也氣了，不理他，自顧自去上課。然而受宰制慣了，畢竟心虛，晚上上課前，還不忘示好地幫先生做好飯菜；夜裡回來，飯菜卻依舊原封不動擺在餐桌上，男人以自虐的方式企圖增加她拋夫別子的罪惡感。非但如此，他還開始採取冷戰，不言不語，冷面如霜，她怎麼也想不明白，她原是為解決家庭事業的困境而努力的，怎麼反倒為婚姻帶來了災難？他悶不吭聲，拒絕所有的溝通，不知葫蘆裡賣的什麼藥？

課業忙碌，園務繁瑣，丈夫不理不睬，她心力交瘁，覺得天地不仁，一個月後，終致崩潰痛哭。男人陰陰地說：

「是啊！有本事爬上天去啊！誰攔你啊！爬上天以後，就海闊天空啦！乾脆換丈夫好啦！我哪配得上你這女中丈夫呀！」

她終於了然丈夫的心思，於是，決定忍痛棄守自己的天空，和缺乏安全感的丈夫一起困在溫暖的井底。

延伸思考

這個自卑的男人唯恐妻子的成就強過自己，所以，不惜用盡心思阻攔妻子上進之路。妻子也許心太軟，也許意志不夠堅定，也許還拋不開傳統男尊女卑思想，最後還是妥協求和，功虧一簣。

揭櫫兩性平權的現代，女性可以再勇敢一些。男人的自殘是一時，女性的自主是一生。機會永遠不待外求，它掌握在自己的手裡；時代站在真理的一方，應該可以繼續跟男人角力一下，我以為誰的理直就誰的氣長。

鑽牛角尖的自尋煩惱

男人心胸狹隘，源於缺乏安全感；女人心胸不寬，常常是想太多，作繭自縛。一位太太因肺病開刀，先生焦灼地等在開刀房外，足足八小時之久。陪著等的幾位朋友不忍心，勸他去吃點東西：

「可別餓壞了，照顧病人是一種長期抗戰，別病人還沒好，你倒先躺下了。……走！走！走！就算陪我們去吃點東西吧！」

拗不過朋友的好意，他只好夥同朋友行色匆匆到醫院附設的餐廳去用餐。說來也真是巧，就在一來一回約二十分鐘裡，太太被推到手術後的休息室，睜眼不見先生，覺得萬般委屈；其後聽說先生吃飯去了，更是悲憤異常。其後四十年間，只要夫妻稍有勃谿，太太必然舊帳重翻：

「我早就知道你一點也不愛我！開刀那天，我一出來，沒見著你，我就知道了。我開那麼大的一個刀，人在鬼門關前繞了好幾圈，你還那麼好胃口！還去吃飯，根本不把我的生死放在心上。」

多年來，先生無怨無尤地在病床前照看的深情全不抵那一剎那的疏忽。惹禍的朋友看不過去，仗義執言，太太全聽不進去，堅持自己的想法，說：

「你們不知道！我跟他那麼多年，我還不清楚他！」

她刀槍不入地自築了一個城堡，一不順心，便退到城堡中去舔拭傷口，四十多年來，樂此不疲；傷口稍有結疤，她便想法將它摳得血流如注，以反芻悲壯的快感來對付人生。

一位同事的媽媽更離譜。年逾九旬後，每回和先生生氣，東拉西扯，最後仍回歸到六十多年前的一樁往事：

「你別想跟我和稀泥！大陸撤退那年的一月八日下午兩點到四點，你到哪裡去？到現在行蹤還沒交代清楚，別以為我老了，什麼都不記得了！」

聽了幾十年的老調，連孫子都背熟了。孩子們覺得好笑，勸她：

「媽，你就別再提這事了，戒嚴都解除了，最可惡的共匪，我們都開始跟他們坐下來談，退將還去他們的人民大會堂唱他們的國歌了，你怎麼還沒完沒了。」

「我才不管戒嚴解不解除！除非他把那天的行蹤交代出來，要不然，別想我饒過他！」

老太太銜哀過了大半輩子，因為悲哀中隱含深沉的恨意，見到她時，總覺她的臉孔線條有一種殺伐之氣；雖然笑著，卻教人感到冷颼颼的。她也是早下定決心把自己捆綁起來，死也不願脫困的，我如是想。

延伸思考

接受自己經過努力仍達不到目標的事實，譬如：愛慕的異性，經過熱烈地追求，卻仍然沒有預期中的回應；經過再三選擇的丈夫，結婚後，才知並不如想像中傑出；或者熱情投入職場，卻不幸被分發到不甚滿意的單位……人生常常就是如此荒謬！如果只知尋思報復、作繭自縛，或哀哀哭泣，束手就擒，這才真叫可憐。

沒有十全十美的人生！如何不陷溺在缺憾的沮喪中，進而在不圓滿中，尋求突破，給自己尋找另一份生機，化腐朽為神奇，這是終身的命題，有待多多學習解題的良方。

價值觀迥異的扞格

她和男子談戀愛時，常常在電話裡聊得風雲變色。男子家住警察局宿舍，用的是公家的電話，一回，總機小姐忍不住了，將電話切斷，她難為情得什麼似的，男子卻氣呼呼地向身為高階警官的父親告狀。他父親不由分說把總機小姐訓斥了一頓，這事一直讓她印象深刻，覺得他家與眾不同。

結婚前幾日，男子驕傲地向她誇耀：

「結婚的禮車是我們家鄉最拉風的一部凱迪拉克，向朋友借來的，鐵定教你風風光光的，沒半點委屈。」

她覺得奇怪，借來的車子有什麼特別風光的？她又怎會為一部車子感到委屈？她覺得他的邏輯很奇特。交往了六年，她深知他的任性，堂堂男子漢，常常一言不和，氣得當街扭頭就走，要和這樣個性的人廝守一生，她不是全無疑慮，但是，戀愛實在談得太久了，這樣的糾纏像嗎啡，早成了生活中的必須，尤其她在家中排行老大，對幼稚天真總多一分寬容。

婚後，男子很認真地用自己喜歡的方式來取悅她，但總不得法。她自幼眼見父母勤儉持家，也節儉成習，男子偏喜歡以花錢來示好。每到傍晚，男子總興沖沖地從辦公室回來宣布：

「今天別那麼辛苦，不必做晚飯了，我們去吃館子。」

先前，她還為能偷個懶而高興；到後來，次數多了，她簡直怕聽到外出吃飯的宣告，花費實在太驚人了。他總說不喜歡下班時看到渾身油煙味的女人從廚房出來，要她打扮得光鮮亮麗。其實，油煙味算得了什麼，月底收到帳單時扭曲的臉，才叫可怕哪！

最氣人的是，每次外食，他總點最貴的丁骨牛排，她捨不得，慣常叫一客燴飯或炒飯。日子久了，她一邊心疼，一邊生氣，心想：

「為什麼他就那麼豪闊，我又為什麼得這麼委屈？今天我也來點一客最貴的牛排！」

牛排還沒吃完，她就後悔了；既不好吃又貴死人，實在不該和「孫中山」撒氣呀！而男人丁骨牛排吃多了，看太太如此儉省，也良心發現，決定和太太共患難，點了客牛腩飯。同樣的，飯還沒吃完，他也後悔了：

「幹嘛呀，為省這點錢！吃那麼難吃的東西。這樣的人生有什麼意義，窩囊嘛！」

於是，下回進餐廳，她依舊含恨地點燴飯；他雖然心虛，也仍然是丁骨牛排。然後，歷史不斷重演，每隔一段時日，就爆發一次嚴重衝突，發誓從此不再上館子。

她委屈地向公公申訴，公公卻正色地訓斥她：

「男人不吃飽能做大事嗎？盡在這小事上計較，發得了財嗎？眼光要放遠！……你們女人真是！沒見識！」

她聽了瞠目結舌，原來俗話說出了人生的真實：「不是一家人，不入一家門。」這是男人打小養成的習慣，要他改，恐怕真的比登天還難。尷尬的是，不該是一家人的進了一家門。

延伸思考

古人所謂的「門當戶對」，有時候還真是有些道理。雙方若有相似的家庭背景或雷同的家庭教育，會省掉許多重新適應的工夫。尤其表現在金錢觀上的貧富差距，往往形成很難跨越的鴻溝。婚前的「大方」，婚後叫「揮霍」；婚前的「節儉」，成為婚後的「小器」。談戀愛時，熱情澎湃，往往如台語俗諺說的：「目睭去予蛤蠣肉糊到」；等婚後清醒過來，才知鑄成大錯。

這時，識時務地設法向中間靠攏，可能是略略補恨的方法。正站在抉擇點上的人，千萬得睜大眼睛，細加觀察打量，衡量對方那些你有些訝異的脫序行為，如果不改變，你能忍得下嗎？而最愚蠢的，莫過於相信正在一頭熱裡的對方信誓旦旦會為你改變慣常的行止。

發跡變泰後的尋芳

男人是個絕頂聰明的人，又勤快，又機靈，從事建築工程多年，幾乎可以說無往不利，也積累了不少財富，這個外表看似無比風光的男子，內心裡卻有著難以言宣的遺憾。

少年時，書讀得頂好，國小畢業時，拿到縣長獎的殊榮，偏偏家庭環境差，供不起他繼續升學，畢業典禮過後，爸爸把他叫到跟前，說：

『毋是做老爸的我毋肯予你繼續讀，厝內的環境你也知，你若去讀策，你想厝內這隻牛要叫啥人去牽！』就這樣，他為了一頭牛，含恨失學。

那頭害他的牛，其實也沒久留，在他畢業不到半年，就被賣掉了。眼見比他功課差勁許多的同學，都一路讀了上去，他心裡越發不能平衡；可也沒什麼法子，只能拚命把精力發洩在工作上。他從小學徒幹起，並立志「輸人毋輸陣」，一定要做出一番大事業，讓村子內的人刮目相看。他原本就天資聰穎，學什麼都快，三十幾歲，就開始自立門戶，從丙級證照一路爬升，到如今風風光光包攬許多重要工程，腰纏萬貫；看到村人投來的羨慕眼光，他雖頗有幾分自得，但為了一頭牛而失學的遺憾，一直在他內心隱隱作痛。

二十歲那年，他奉父命和同村的她結婚。兩人都只有國小學歷，照說彼此也沒什麼好挑剔的，可他就是恨，恨父親一逕跋扈，連他的終身都無法自主；也恨太太沒讀多少書，見識淺薄，講話粗俗。他悲嘆自己是落難公子，命運乖舛，沒讀書完全是環境所逼；，而她則是天生的笨。唯一值得安慰的是，女人為他生了一對爭氣的兒女，學校的功課一直領先群倫，他常得意洋洋地誇說：

「幸好孩子們全遺傳了我的好腦筋！」

他是打從心眼裡認定孩子的聰明，太太是無絲毫貢獻的。

兒女相繼就讀台大後，他幾十年來蓄積的憤恨，達到了最高潮。孩子們學業表現上的傑出，彷彿坐實了他一生欠栽培的鬱卒正當性。他突然再也無法忍受太太的平庸，開始無理地挑剔她的一言一行並流連於風花雪月的聲色場所，甚至挑逗公司裡新進的年輕會計。四十五歲的男人，每天灑著香噴噴的古龍水，抹著厚厚的髮油，換上緊身牛仔褲，開著保時捷跑車，意興風發地提著保齡球，摟著年輕的會計進出球館，後來乾脆就來個金屋藏嬌。風聲傳來，太太咬著牙直搗敵營，兩個女人傷痕累累地從混亂中抬起頭，才發現他早已趁隙逃逸。

這樣的戲碼，一連上演了好些年。公司的會計換了又換，學歷越來越高，男人彷彿從中得到救贖，顯得越來越年輕；太太則奔波在一個又一個的敵營間，和嬌豔的女子搏命搶丈夫，甚至經常情緒高昂地在鄰里間展示傷痕並誇耀彪炳的降魔伏妖戰績。

兩人都顯得興奮莫名，似乎打算就此地老天荒地糾纏下去。

延伸思考

小三從來不曾在人世絕跡，世界上就是有演不完的抓姦戲碼。長於偷腥者，往往跟監獄裡的犯人相似，總是由一次又一次的罪行中，研發出新的伎倆，由初犯而累犯，最終進階成慣犯。

人生到底該怎麼過，只有當事人才知曉。但也許可以想一想，抽刀斷水水更流，與其單戀一枝花或一莖草，白白浪費青春，不如及早引退，另謀出路，或許比這樣的苟延殘喘要好上許多。

過度的生活潔癖

另有一個案例，是婦人過度的潔癖所導致的婚姻失敗。

婚前，男人喜歡她長得乾淨俐落，言詞痲利，做事認真，求好心切，凡事不苟且；婚後才知大事不妙，她豈止能幹而已，根本是個當舍監或教官的不二人選。成天目光炯炯地盯著他的一舉一動，凡不合乎她的規範者，悉數加以殲滅。

只要他一進家門，太太便像探照燈一般，將他的瑣碎細行照得纖毫畢現。不管多累，衣物得隨時各歸其位，搭在椅背的外衣、甩在沙發上的手提箱、扯下的領帶……固然都可能成為生氣的導火線，即使是門外脫下而未擺正的皮鞋或櫥櫃中未依長短排列的衣物，也都隨時可能淪為戰端。

她自己倒真是身體力行的，不只是屋裡一塵不染，窗明几淨，連側身櫥櫃中的舊報紙，也是像用刀切過般的一絲不苟；從皮包抽出的一疊鈔票，一逕總統府和人像壁壘分明；後院晾著的衣物，像訓練有素的軍隊般，衣褲鞋襪，絕無屈腿、歪脖的賴皮樣兒，個個稜角分明，正襟危坐；鍋碗瓢盆擦得晶亮不說，同一方向、同一姿態，半點僥倖不得。她日日辛勤工作，將家裡整理成五星級飯店的水平，卻只肯讓他成為飯店的侍者，參與勞動，而不得成為享受的旅客。

她緊緊抱住道德教條，相信整齊清潔是生活的起始，不管它是不是已經妨礙了正常作息。在商場折衝終日的他，疲憊緊張，只期待家裡有一盞溫暖的燈光等候，卻往往不可得。太太的眼像老鷹，似乎只等著抓他的把柄；那種緊張，更勝商場，因此，他回家的腳步，日益沉重，常仰天長嘆：

「到底我住房子？抑或房子住我？」

太太不理睬他的不滿，斥之為歪理。她的潔癖，有越來越加嚴重之勢。客人來訪過後，坐過的椅墊統統得取下布套，重新清洗；每日詬罵台北汙濁的空氣並抹布不離手地擦拭；出門作客帶著自備的碗筷，已是親友們司空見慣的事；早晨到豆漿店吃早點，還帶著皮手套，堅持自個兒到炙熱的火爐內取出燒餅，絕不假手老闆……有關她的潔癖傳說，已成為街談巷議的談資。因為過度保護，只要吃到點滴不潔食物，即刻上吐下瀉不止。她得了「整潔症候群」，在「不乾不淨、吃了沒病」的汙濁人世，注定處處扞格，為了清潔，他們幾乎得離群索居。

男人終究決定離開她，為了和她結婚時相同的理由，他說：

「你太乾淨俐落了！言詞痲利、做事認真、求好心切，凡事不苟且；而我，只是凡夫俗子，滿身缺點，完全配不上你。」

延伸思考

不管是生活上或道德上的潔癖，都因源於對人性缺乏深刻的包容。他們通常有過人的毅力與修持，對人們居然無法輕易克服弱點感到不解與憤怒。有些道德潔癖，甚至會讓自己變成讓人厭惡的道德魔人，人人避之唯恐不及，因為只要一見了面，他總能從你身上看到缺陷，誰喜歡跟隨時不忘找碴的人為伍！其實，人生會有什麼了不起的大事！作繭自縛的人，往往自訂了許多看似艱苦卓絕、實則非常無稽的原則，不但困住了自己，也給周遭的人帶來痛苦。可惜的是，人們常常不自知！

拒絕長大的書呆子

婚後，他們開始爭執不斷，都只為他不理會人情、為所欲為。譬如：娘家老父過生日，她包了兩千元禮金，為丈夫周全禮數，跟她父親說：

「你女婿不知你喜歡吃什麼東西，特意要我包個小紅包，請你自己買點兒水果吃。」

當老岳父客氣地當面向他致謝時，他竟然睜著無辜的雙眼，坦白地回答：

「那不干我的事，是你女兒自己的意思，你別謝我！我不敢當。」

把她氣得哇哇叫，直嘆遇人不淑，怎麼嫁到這麼個不通氣的丈夫。

她決定報名夜大時，他百般奚落、揶揄，誓死反對到底，可是，當同事聽說他太太念夜大，輾轉向他請教時，他又無限驕傲地拿太太的力爭上游出來炫耀；當她排除萬難到慈濟當志工，他詬罵不止，甚至離家出走無數次。可是，當太太因為表現傑出，得到表揚，朋友們從報上看到消息，紛紛致電祝賀時，他又老實不客氣地居功：

「哎呀！你不曉得，這還不是我的功勞！她去做志工，誰管孩子？常常晚上都搞到很晚才回家，如果不是我的支持，她呀，今天還不是只是個待在廚房的黃臉婆！」

他是個品味不佳的物理博士，除了專業知識外，幾乎一無所知，最嚴重的是，他還以為自己無所不知。他鄙棄專業以外的所有知識，成天只看豬哥亮秀和日本的《志村大爆笑》，常常對著滑稽的表演咯咯發笑。看到太太投來的異樣眼光，還振振有詞辯稱：

「休閒嘛！幹嘛那麼嚴肅，看這種節目才能讓腦子徹底休息！」

他姑息自己的低品味也就算了，還進一步唾棄太太所有的行為：聽古典音樂是故作風雅；做義工是追求時髦；教孩子功課是養成孩子依賴習慣；參加讀書會是一群無聊女人的閒嗑牙；聽專家演講更是愚蠢至極的行徑，根本是呆呆地讓人牽著鼻子走。

一回，被太太威脅加利誘地強押著去聽一位心理學家談人際關係。一開場，主講者詢問有沒有被迫來聽講的？全場就他一個人洋洋得意地舉手，害她尷尬萬分。等到講演進入正題後，他一邊津津有味地聽，一邊頻頻興奮地點頭，說：

「對啦，對啦！這就說的是我太太啦！」

可是，一回到家，隨即蹺起二郎腿、不屑地撇嘴道：

「什麼專家，不過是一個騙人的郎中罷了！你就信這些啊？怪不得你永遠不長進！……啊，真是可悲啊！」

她以他當時熱烈的反應來還擊，他非但一點也不發窘，反倒四兩撥千斤地回說：

「那只是一種禮貌而已，難道你連聽演講的禮貌都不懂？虧你還四處去聽演講，連這一點規矩都不懂。哎呀！我說，你們這些女人，欠教育啊！」

她雖然聽得咬牙切齒，可也拿他沒法子。當初決定嫁給他，就是看上他的直來直往、老實天真，說話從不拐彎抹角。現在才知道，不肯拐彎抹角的談話，有時比刀子還銳利，常刺得人心口發疼。

他就像是個拒絕長大的孩子，橫潑任性，而她，不想為年輕時錯誤的認知，賠上一生，終於選擇離開。

延伸思考

基於對知識的崇敬，她選擇了高學位的另一半。一覺醒來，才發現枕邊人的狂妄原來源自於無知，他只是個極狹窄的「博」士，除了專業，什麼都不懂，還我行我素。以高學歷蔑視一切非他所學專業，全然不理會人情世故；拒絕長大，拒絕所有的與時俱進，造成家人極度的困擾。

月下老人顯然錯繫了紅絲線。這時，需要的是掙脱錯繫絲線的勇氣，才有機會擁有不一樣的生活，而不至於全盤皆輸。人生當斷則斷，不斷便亂。

遠距產生的寂寞

為了孩子的教育，她遠涉重洋，去到人生地不熟的溫哥華。

出遠門的前一天，丈夫和她傾談終夜，兩人都有止不住的悲傷，丈夫說：

「就偏勞你囉！為了孩子的未來，我們就咬咬牙，撐個幾年，等孩子稍稍大些，我會好好補償你的。」

她強忍住即將奪眶的眼淚，安慰丈夫：

「你放心好了！雖然人生地不熟，我們總是會想法子度過的，就這麼個兒子，不為他打算，行嗎？孩子有了前途，我們也才能放心。只是，留你一個人在這兒，孤孤單單的，我想起來就捨不得走，你真的沒問題嗎？」

就在彼此心疼，相互鼓勵聲中，天亮了，她牽腸掛肚地踏上了異國的土地。

在溫哥華的日子，像是被判徒刑的囚犯般，沒學會開車的她，只能在有便車可搭時，和朋友出去逛逛街；多半的時候，她堅苦卓絕地守候著上學歸來的兒子，過慣了台北的匆忙，突然面對剩下的一大把時間，竟然慌得什麼似的。孩子也可憐，除了適應新環境及課業外，還要面對一個窮極無聊的媽媽，兩人並沒有因相互倚賴而顯得親近，反倒變得關係緊張，常常一言不合，幾天互不理睬。

日子雖然過得既寂寞又無聊，她卻不斷地自我勉勵，給自己打氣，實在快過不下去了，她就走到幾里路外的一個小樹林裡，仰天長嘯並嚎啕大哭一場。情緒宣洩完畢，踏著落日回家時，看見太陽逐漸地陷落，絕望的感覺又隱隱侵犯。然而，她盡量隱忍，絕不輕易訴苦，她覺得自己沒有權利憂傷；因為隻身在台的丈夫應該比他們更加孤獨。既然當初夫妻已經考慮再三，如今只能像過河卒子，拚命向前。

不管是電話或信件中，她總盡量報喜：美麗的落日、幽靜的鄉間小道、蔚藍的天空和孩子的進步……語調平靜、落筆清緩；至於，孩子的乖拗、長夜的漫漫、單調無聊的繞室徘徊……全化為苦澀的汁液，在暗夜裡，仰脖一口吞下，她期待有朝一日，兒子能堅強獨立，而她就可以回去和丈夫甜蜜廝守。

一年不到，丈夫來了一信，她痴立當場，魂飛魄散，信上這麼寫著：

「你在那兒過得愉悅自如，我在這裡卻孤獨難耐。黃昏下班，回到那個已經名存實亡的家，走過來、踱過去，碰到的，盡是不會說話的牆壁。那種寂寞，你是不會明白的。……你得原諒我！人性實在是太脆弱了，我對不起你！約莫三個月前，我在一次朋友的聚會中，認識了她，她的丈夫長年在大陸經商，我們同病相憐，相濡以沫，就請你成全我們吧！」

任憑信件落地，她一路狂奔至小樹林，以頭撞樹、嚎啕痛哭後，選擇了一向倚靠掉淚的一株楓樹，作為她最後的歸宿。樹幹上，留下她斑斑的血痕，聽說比飄落的楓葉還要紅上幾分。

延伸思考

美學上說：「距離產生美感。」現實裡，距離卻常常是寂寞、也是疏離。為了遙不可知的未來，賭上寂寞的現在，人生的加減乘除，可能得好好算上一算。自殘、自殺都是下下策，連死都不怕的人，還怕單飛時的風雨嗎？活著，就有希望。

笑靨朝外、憂容向內的悲傷

從交朋友開始，她就像個小女子般小心翼翼地伺候著他，也不知道怎麼會搞成今天這種難堪的局面。夫妻一場，竟然在年近五十之時，翻臉成仇。

她虛長他六歲，兩人由姊弟般的情誼轉為情人似的愛戀後，她將他帶回家裡。母親曾憂心地提醒她，男子面貌清秀、心如赤子，對許多事都感到強烈好奇，還沒有穩定的性格，將來變數必多；尤其是痴長幾歲的女人，必定會為他的青春勃發及不定性格吃苦。然而，戀愛中的女人，哪裡聽得進去，只當母親捨不得女兒嫁人，故意留難。

三十二歲那年，她和他成婚。從事藝術工作的男人，仍舊稚氣未脫，一派天真。婚後幾年，男子平添幾分成熟風韻，談文說藝、風流倜儻，周旋在一群文藝少女群中，更顯雄姿英發。她一旁看著，一邊覺得驕傲，一邊不免忐忑。然而，婚前曾約法三章，個人行止自律，對方應加尊重，不得疑心病生。她努力做個雍容大度的婦人，日日以幾近謙卑的態度，倚閭迎接高談闊論後遲歸的疲憊男子。她如舊式女子般，屈身備鞋、泡茶；男人倦極，闔目調息。她轉進廚房，為他烹魚、炒菜，在精緻的碗盤間，用黃瓜、胡蘿蔔等仔細雕花裝飾，以討好對美學有嚴格要求的男人。然而，男人或者被寵溺成習，似乎渾然不覺妻子的用心。

十餘年間，風流韻事頻傳。她始則拒絕承認，心虛地向消息來源抗辯；繼則抑鬱攻心、憔悴自損，日日啃噬連自己亦不肯承認的挫敗。在學校教書時，常常驀地於講台上失神發呆，走在校園內，經常無端眼濕落淚。惹禍的男子卻還在鏡前誇言身材未變、顧影自憐，並譏笑她：年長色衰、缺乏自信。一日，她無意中於街頭窺見男子與一花容月貌女子並肩前行，姿態之謙卑、笑靨之燦爛，是她所從未見。剎那間，她心灰意冷，知道愛情終於遠颺，再不能有任何期待！

她由婚前的一臉燦笑，變成愁眉糾結，多愁善感積累成躁鬱焦慮。她開始封閉自己，仇視所有訪客；每每開一小小門縫，像受傷的兔子，躲在門後，以充滿敵意的眼神逼退善意的造訪。大夥兒都傳說她瘋了！

男人笑靨朝外，憂容向內，她豈能不瘋！然而，沉落深淵的日子難捱，她雖願秉奉古訓，從一而終；但亦知負心難挽，到底是個現代女子，不慣亦不肯久居冰冷。她終於決定慧劍斬情絲，孑然一身離開和男子共同廝守了幾近二十年的家。

五十歲，她恢復單身，無子無夫，滿目悲涼。

延伸思考

年齡其實不是問題，科學早就研究出來，男小女大的婚姻，絕對符合自然律則。但傳統觀念猶然深具影響力，母大姊的婚姻，女方就怕年老色衰，焦慮形於外的結果，連男人都不由傲嬌起來了。男子當然難辭其咎，女性自己過度的危機意識恐也是推波助瀾的根由。自信的女人最美麗，沒有關照到太太情緒的男子該拖出去午門，問斬可免，請他多取些「孫中山先生」出來補過，應該也不為過。

第二部

父母和子女

前言

以為是靠近，其實是遠離

你愛我嗎？你要我怎麼愛你呢？

女兒上小學時，從學校學習做紙袋子，回家立刻付諸行動。

吃過晚飯，我正在廚房忙著。女兒兩手背在身後，笑咪咪地進來，甜蜜地說：

「明天是你生日，我做了一個算命袋送你，你可以算算你以後過得好不好！」

然後，遞過來一個用厚紙板做成的有把手的袋子，袋子上畫有各色小花朵，小花朵中用紅色奇異筆寫著大大的「算命袋」三個字，袋裡有五支摺疊起來的紙籤子，女兒興奮地慫恿我：

「你抽抽看嘛！看看運氣好不好？」

我閉上眼，抽了一支，拆開來，上面寫著：

「你以後會有一個很體貼的丈夫。」

女兒期待地等著看我的反應，我驚喜地歡呼，表示這正是我最期待的事。女兒又睞了睞眼示意再抽一支：

「說不定還有另外的好運氣哦！」

於是我一張張地打開：

「你將來會有一棟有院子的房子。」

「你會永遠年輕美麗，並且不發胖。」

「你會活到很老、很老。」

拆開最後一張時，上面寫著：

「你的女兒以後一定會很孝順你。你老的時候，如果牙齒全掉光了，她會用小火ㄠˊ稀飯給你吃。」

女兒害羞地補充：「熬怎麼寫，哥哥都不告訴我，所以，只好用注音。」

我的眼睛驀地濕熱了起來，啊！這樣痴心的孩子。

也曾在雜誌上看到這樣一篇文章：

一位母親和她的孩子在陽台上遠眺，突然看到一列喪葬隊伍遠遠過來。孩子對死亡的事充滿好奇和恐懼，母子兩人有一番對死亡的對話，孩子對亡者將被單獨留在山頭，沒人陪伴，表示高度的悲憫與恐懼。他天真地問母親：

「那這次死去的人是誰呢？」

母親隨口答道：

「我也不知道哇！不過，靈車上應該會掛著死去的人的照片，你一看就知道了。」

忙碌的母親說完後，就進屋裡忙去了。年幼的孩子攀住欄杆的鐵窗目不轉睛地看著。許久之後，孩子被太陽晒得滿頭汗卻興奮地進到屋裡，撫著胸口，無限慶幸地朝媽媽說：

「哇，好棒！還好不是爹地的照片！我看得很清楚哦。」

「還好不是爹地！」這是一句多麼令人動容的話，裡頭有著稚子對父親無限的痴心，這般的痴心，常使得我們在艱困的人生行道上，雖歷經滄桑，卻仍能維持著適度的勇氣。

由這兩則故事，不禁讓我聯想起另外一件親身經歷的事。

因為家裡電話號碼和台中慈濟的電話總機一樣，經常得花時間處理留話機裡的問題。因為不勝困擾，我在報上寫了文章小小抱怨了一下，卻引來更多讀者好奇試撥。其中，一位讀者也循線找來，希望我能為她解惑。她提到教養孩子的困境，憂心自己只是個水泥工，知識水準低，雖然也曾努力設法參加讀書會，追趕各項資訊，卻囿於忙碌的工作，經常缺席，沒能及時學會最美好的教養策略：

「這些年來，漸漸覺得好像趕不上孩子的進度了，心裡覺得好慌！……」

我正想著如何措辭來開導她，她突然提起一則報導：

「昨日報上一則新聞說：一隻孔雀若讓雞來孵養，只能變成一隻雞，竟成不了一隻孔雀。夜裡輾轉難眠，越想越悲傷，足足哭了一晚。……想到我家裡那三個孩子，也許是三隻孔雀，因為被我這隻雞生養，卻一輩子成不了孔雀，我多麼希望她們能成長在教授您的家庭，讓您將她們撫養成三隻漂亮的孔雀。……」

聞言之後，我不禁目瞪口呆。我反問她：

「你能確定當孔雀就比當雞好嗎？我們到動物園去參觀，總期待孔雀開屏，那般五彩繽紛的羽毛確實讓人目眩神移；但是，一旦牠不肯在人們的期待下開屏，小朋友往往拿石子砸牠，所以，孔雀雖然美麗，卻也有不得不開屏的憂愁；反觀小時候家裡養的小雞，常常跟在母雞身後嘰嘰喳喳地跑來跑去，我不是雞，不知道牠是不是快樂，但看得出來的，牠只要負責努力長大就行了。如此說來，雞跟孔雀相較，也多了怡然自得的優勢。」

放下電話前，我安慰那位焦慮的母親：

「其實，我們家也沒養出漂亮的孔雀，但可以很驕傲地說，我確實養出了兩隻健康快樂的小雞。」

痴心的母親為了使孩子有更傑出的表現，情願將珍愛的孩子拱手讓人！然而，我也不由得要做一個反向的思考：父母這般的痴心，若是聽在兒女的耳中，又是如何的反應？說起來洩氣，恐怕大多數只能引來不耐煩的反感吧。

延伸思考

在某種程度上，這位焦慮的母親很能代表今天諸多關心孩童教育的父母，她們相信人生有一個起跑點，這個起跑點或許是孩童接觸學習的時間早晚；或許是家長社經地位的高低；也許是腦力的開發程度。他們凝眸注視在競爭力的培養，唯恐稍一不慎，就要全盤皆輸。他們有些不肯相信每個孩子的天生稟賦都不相同；有些不願接受孩子學習性向上不符大人期望的事實；有的不耐久候孩子的自然成長。所以，花大錢購買聽說可以保健的昂貴營養品，盼望孩子增強體力，能在冗長的戰線中持續戰鬥，卻在塑化劑事件裡赫然發現自己正親手餵食孩子毒品；有人早早帶著孩子到宣稱可以及早開發智力的補習班去暖身衝刺，唸經、速讀、練記憶、補習……期望自家孩子可以遙遙領先群倫，殊不知學齡未到，這些提前的灌輸，也許正悄悄在孩子心中埋下厭惡讀書的種籽。

孩子終究是孩子。一路走來，有時讓我們咬牙切齒，有時撫掌稱樂，日子充滿了尋常家庭的愛恨怨嗔。雖偶爾有些讓人生氣的行徑，但只要健康愉快地平安度過，就值得慶幸。

親情是讓人窒息的羈絆？

大一的寫作課上，師生曾經有過一次相互分享，讓人難忘。

那回的練習是試著挖掘深心裡最難忘的經驗，居然百分之九十以上的學子都還沒有自考試的惡夢中恢復；這其中，又有百分之九十的孩子，仍舊難忘因指考或學測而導致的親子扞格。討論的過程裡，充滿悲情，思之令人鼻酸。

一位靦腆的女學生幽幽地傾吐衷腸：

「我永遠忘不了去年聯考快接近的一個早晨，我從同學處借來一份歷史科資料，漫不經心地央請正要上班的父親幫忙影印。事隔兩天之後，父親將那份資料鄭重地交還給我，說：『孩子！好好讀，不要讓老爸失望。』我取回資料一看，手和心都不自覺地一起抖了起來。你們知道嗎？父親居然將那一份十多張龐雜的資料重新整理得井然有序，而且標示重點，畫了紅線。他竟然幫我先讀過了！那一剎那，我真的寧願自己死掉算了。爸爸這是存心讓我慚愧，在那樣一個情緒隨時處於臨界點的緊張時刻，他用細細的、整整齊齊的字來嘲弄我的草率！」

一位歷經滄桑的重考生語帶激動地說：

「連續好多年，每到考季，我總是備受煎熬。父親經常拿左鄰右舍、親朋好友的傑出考生來激勵我。落榜後，父親也不說我，只是不時嘆氣，我是寧可他把我大罵一頓還痛快些！這回考上私立大學的中文系，憑良心說，是相當不滿意的，但是，爸爸高興得四處宣傳，唯恐天下有人不知。有一次，他居然在電話中向瓦斯行的夥計抱怨：

『我今天特別請今年剛考上大學中文系的兒子在家等你，你怎麼沒送瓦斯來？』我聽了真難為情死了。」

談到考試，似乎所有的考生都有一籮筐的話要說；原先必須靠點名才勉強上來發表心聲的冷清局面，頓時活絡了起來。一位女孩迫不及待地緊接著上台，說：

「日間部放榜那天，父親從美國做生意轉機到香港，照例在香港過一夜。傍晚打電話回來，問我：『有沒有好消息告訴爸爸？』當我說沒有以後，他沉默了一會兒，接著問：『那怎麼辦？』我告訴他打算重考。爸爸一言不發，把電話掛了。我拿著電話的手一直抖、一直抖，眼淚直流，心裡恨死他的殘酷。夜間部聯招放榜那天，爸爸又是同樣在香港。這回他不再問了，是媽媽提醒他：『女兒有好消息告訴你！』當我告訴他考上中文系後，他突然興奮得聲音顫抖，說：『好極了！我現在就想辦法換班機回去，你等我。』那晚，爸爸回家已極晚，只有我為他等門。開門後，爸爸站在門口，眼中含淚，頻頻說：『啊！終於考上了！終於考上了！太好了！太好了！……』我這才發現：我沒考上大學，爸爸竟是比我還痛苦的。」

藉由這一樁樁赤裸裸的表白，師生共同回首那段艱苦難堪的歲月，有欷歔、有眼淚，更多的是事過境遷的冷靜再思，當年的憤懣、桀驁，都化作溫婉的同情與體貼：

「如今想來，父親原是恨不得以身相代的，然而，當時滿身刺蝟，哪能體會他的苦心。」

「一日午後，我踞坐客廳，看見老父蹣跚的身影向外行去，突然一陣心酸。想到父親老來得子，何其快慰。我一再重考，他從未責備我，是他對我的寬容；我考上私立學校，增加他的負擔，是我自己不爭氣。父親何罪之有？他只不過稍稍表達一些為人父的虛榮，我就這麼容不得他！實在該死！」

「父親一向木訥寡言，喜怒不形於色，我從沒見他掉過一滴眼淚。那夜他那般情緒失控，想來不知積累了多少的憂心！當時，我竟只顧自艾自憐。」

另外，在一次親子關係的座談裡，為人父母者正大吐苦水，感嘆父母難為；座中突然有位二十歲左右的少女起身慷慨陳辭：

「你們都說現在的孩子難教，其實，我們做孩子的也是滿辛苦的。像我爸，是中油的高階主管，每到夏天，聽到屬下的孩子又考上了台大、北一女，回家就罵我們不爭氣，給他漏氣。其實，姊姊念師院，當小學老師當得有模有樣；我雖然只是五專畢業，但是在公司裡，也很得老闆器重。可是爸爸不滿意，覺得我們應該可以更好，常譏諷我：『成天帶個手機，跑來跑去，自以為很重要。……唉！是不是風水不好？還是祖上沒有積德呀！』他還因此大費周張地給祖墳改方位。爸爸給我太大的壓力了！」

話未說完，另一位差不多年齡的女子也迫不及待起身聲援：「我的情況正好相反。我爸爸壓根兒看不起我，我考上五專，很不滿意，爸爸說：『已經很好了！要不然你想考上哪裡？』畢業後，交了一位男友，我也覺得不夠好，爸爸又說：『已經很好了！要不然你想嫁什麼樣的人？爬到天上去摘星星呀！』」

在座的父母全笑開了。

延伸思考

對孩子的期望高，孩子受不了壓力；不給孩子壓力，孩子覺得父母瞧不起她，其間分寸的拿捏真難，這越發證實了做父母的兩難。孩童時，不曉事，只覺父子騎驢故事有趣，不及思考其他。涉世越久，才知類似的兩難。

像刺蝟一般的子女多半出自焦慮的父母。因為焦慮，常以「我還不是為你好」為藉口，做過度的期望。一旦期待落空，必然嘮叨繼之。難堪的子女，稍一頂撞，即刻落入「你這是什麼態度！」的倫理道德辨證中。年深月久，相互怪責，便很難不勢同水火了。孩子在家庭中，無法得到奧援，稍遇挫折，常常向同儕靠攏，此時，若剛好遇到講義氣卻常意氣用事的同儕，便極有可能因此走入不歸路，做父母的豈能不格外謹慎！

第四章

氣球不再只是圓的——認識新時代青少年特質

人們通常只有在時過境移時，才能以理性的態度來回首過往；只有在人生的順境中，才能用寬容的心胸來體會人情。所有親子間的矛盾無非都因緣於「愛」和「期待」，如何防範於未然、不必費時曠日，千迴百轉才豁然開朗。時代的變革既然如此迅疾且巨大，恐怕我們得重新認識新時代兒少的特質；然後扭轉觀念，重新定義「成功」，在行動上具體實踐，才會有具體的成效。

女兒上幼稚園時參與的智力測驗。其中一道題看來簡單：「橘子跟氣球有什麼地方相同？」女兒竟答不出來，我氣得指正她：「不都是圓的嗎？怎麼不會！」女兒辯稱：

「可是，氣球不一定是圓的啊！有茄子形的，也有兔子形的。」沒錯，時代一直往前行，氣球不再只是圓形了，心形、寵物形狀的、漢堡樣子的……新的形狀應運而生；如果我們當老師或家長的，還老是執守舊概念，不設法排除制式思考，與時俱進，而一口咬定氣球跟橘子都只是圓的，我們的教育才真是堪慮。

美國作家羅克威爾（F.A.Rockwell）在〈談問題〉中曾指出現代青少年有孤獨、忸怩、好出鋒頭、不合群、敏感怯懦、身高體重問題、過失的恐懼、犯罪、侷促不安、白日夢、為細故憂慮……等問題，並不因種族差異而有所不同。以下就拈出幾項在台灣較為普遍的現象。

背負高期待，受挫力相對薄弱

以前的家庭，子女數多則七、八人，至少也有兩、三人，雖然食指浩繁，經濟窘困，但也有好處，就是父母對子女的成功期待可以分散，不會太聚焦，子女的壓力不會那麼高。少子化的現代，一家頂多兩個孩子，甚至只有一個，父母的眼光不免要灼灼對準孩子，因為失敗風險太高，只有一個孩子，集中火力培養，比較經不起輸，一輸百了。

因此，各項才藝競相學習，唯恐落於人後；但生活技能往往付諸闕如，既不必分擔家務，也不必照應人情世故，兵來「父」擋，水來「母」掩，「三千寵愛在一身」，備受寵溺之後，依賴性增加，受挫力當然變得薄弱；不必照應人情世故的結果，上學遲到，自由出入，講話沒大沒小或不合群的毛病都隨之而來。

經濟狀況改善，物質享受充裕

小時候，生活艱難。不小心打破一隻小小湯匙，母親都要叨唸好幾天。一回，絆倒在門檻前，把一鍋紅燒肉全傾倒在泥地上。母親不在，幼小的我驚慌莫名，顧不了身上的灼疼，先就跪倒，企圖以自我懲處博取同情。從午後兩點直跪到天黑。母親回來，仍難逃挨揍的處罰。那三、四個鐘頭內的憂懼，至今印象深刻。

如今經濟狀況改善了，小孩子打破了碗碟，大人的反應通常是先檢查孩子有沒有受傷，再吩咐穿上拖鞋，免得刺痛了雙腳。物質不虞匱乏的情況下，惜福的觀念因之日趨淡泊。「一粥一飯，當思來處不易；半絲半縷，恆念物力維艱」的古訓，在「消費刺激生產」的觀念下，竟成阻絕進步的落伍想法。現今的年輕人花起錢來，可真比做父母的瀟灑大方太多。

這種時代風尚的變異曾見諸一次有趣的觀察，在朋友家裡看到她的兩個稚齡孫子正吃著蛋糕。一不小心，三歲的小孫子不小心把蛋糕掉在地上，隨即撿起來，左看右看，摳掉一些沾了灰的；正要往嘴裡塞，五歲的大孫子，大聲喝斥：「這東西不能吃了！髒死了！放桌上，那是阿嬤吃的。」

一句：「那是阿嬤吃的。」道盡了大人左支右絀的窘境，這裡頭有歲月的聲音，是「勤儉持家」和「衛生」、「消費刺激生產」的觀念相互打架。

敢秀、愛現的年代

朋友的兒子在開學前幾日，忽然吵著要去理光頭。朋友力阻無效，只好由他。次日吹著口哨由學校返家，神情愉悅，跟憂心的母親說：

「你一定不知道我今天在學校有多風光，女同學都爭相到我們班的窗口來看我。從來不搭理我的導師，從一進教室看到我的剎那，眼神忽然變得溫柔。不但如此，還蹲下來跟我講話，蹲下來欸！問我：『你有什麼困難可以告訴我，讓老師來幫你。』我說：『沒啥困難啊！怎麼了？』她說：『不然，你幹嘛理光頭？』我告訴她這樣比較涼快，她不相信；下了課，把我送去輔導室。兩位輔導老師輪流來遊說我，說他們有輔導專業，可以幫我，有什麼問題老實說，他們會保密。我跟他們說只是為了涼快些，他們也不信，把我往校長室送。」

講到這裡，她那兒子還眼睛發亮，說校長跟他招認了好多以往的劣跡，說以前這麼壞，現在改過，還不是也做了校長！所以校長要他勇敢說出來到底發生了什麼事？兒子最後說：

「我告訴你哦，我們校長最不要臉的是小時候居然用鏡子照女老師的裙底。」

價值觀不變，自主性高漲

曾在街頭行走時，聽到一個稚嫩的童音說：

「你都不聽我的，我為什麼要聽你的？」

回頭一看，是個三歲小娃正和媽媽紅著臉嘔氣，這是小朋友的民權初步實踐——為自己爭取平權。很多大人應該也都有經驗，叫小孩去洗澡，他會反問：「那你洗了嗎？」叫他把屋子收拾、收拾，他也會看著父母的書桌回嘴：「你們的書桌還不是亂糟糟！」

一位朋友，憤恨地和我提起她的母子互動經驗。她慣常給兒子四十元吃早點。她曾取了張五十元，要兒子找十元。兒子撒嬌耍賴，她順口說：「不行！親兄弟明算帳！」兒子無奈，從錢包中掏出十元遞給她時，居然說：

「好啦！找你啦！十塊錢給你去吃藥啦！」

她聽了之後，大驚失色。兒子辯稱是玩笑之詞，她花了幾十分鐘的時間，和孩子解說其間的分寸。轉述給我聽的時候，她露出十分惆悵的神色。她猜測，孩子是不堪她的嘮叨而勉強同意她的指正，並非真的心悅誠服，因為，道歉過後的孩子，悻悻然拋下這樣的話：

「你們大人成天說要把我們當朋友，等我們真的把你們當朋友了，你們又受不了！……平常，我們就是這樣跟同學說話的呀！」

值得注意的是，我在教書的大學課堂上轉述這件事，並當場做了一個小小的統計，驚訝地發現，覺得可以這樣和父母說話的男學生，居然高達人數的百分之七十以上，學生說：

「老師，這是開玩笑嘛！你們大人未免太沒有幽默感了。好玩而已嘛！」

西方的民主觀念入侵，透過各項傳播媒體的推波助瀾，幾乎人人都知平等對待的重要性。尤其在教養孩子上，身為父母，唯恐被譏為跟不上時代，無不卯足了勁地展示開明的風範。但是，由威權時代走來的我們這一代，在分寸的拿捏上，往往失去準頭。時而故示民主，時而放不下身段，造成兩邊不討好的尷尬局面，真是難煞了人。

我曾應邀評審行動創作獎的簡訊組徵文，有重大發現。由家書組來稿看出，家庭倫理大翻轉，威權體制隨時代解嚴被徹底顛覆。請看：「媽，是出櫃，不是上櫃！」「媽，又是哪個專家教的？好好的母子不當，要和我當朋友？」「媽：不要再打來了，你不是一直想抱孫子嗎？」這些兒女發出的簡訊無一不是扮演指導角色，姿態咄咄逼人、聲音自信飽滿。

反觀父母發出的簡訊：「兒子：爸送便當來了！你讀幾年幾班？」「兒子，至少詐騙集團要錢前會先聊一下天。」「女兒，本月信用卡帳單已收到。刺激歐洲經濟非汝一己之力可及，宜審慎量力而為。」「兒子：既然上網吃到飽，晚餐我就不煮了！」由糊塗而無奈而婉轉道德勸說，最後甚至只能自求多福，一路節節敗退、囁嚅自縮，看了不由讓人發噱。

往好處想，威權徹底解體，父母不再扮演山一樣高的萬能角色，反倒從壓力沉重的「無所不能」退回正常人類的「有所不能」，如果因此讓兒女得以早日獨立，未嘗不是台灣長期以來沉重家庭互動的另類解放。

作為父母的我們，如何調整身段，將執拗的固守傳統或自棄的隨波逐流，心平氣和地轉為因勢利導，成功跟世界接軌，真不是件容易的事呵！

第五章

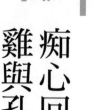

痴心回歸真我，雞與孔雀各得其所

新價值觀的建立

時代既然走到了這個地步，我們能不能設法建立一種新的價值觀，既不必做大官，亦不必做大事，人人經過努力後做好份內的小事，人人滿意做自己。讓孔雀只是孔雀，不管牠開不開屏；能不能讓雞只是雞，無論牠的身價。金字塔型的社會結構，上位者少、基層者多本是常態，卻偏要求全人人成為開屏的孔雀，怎不教多數的凡人寢食難安。小門深巷裡，要天地靜美，不必得桂花飄香，卻一定要讓民眾感受到自己的存在價值，不是只有郭台銘受到羨慕，不是只有會讀書的台大學生得到矚目。在大賣場裡勤奮搬運的員工，也可以得到顧客真心的感謝；俐落巧妙地幫忙洗頭的小妹，也能得到雇主打從心底的讚美；盡責的清潔隊員一樣受到全民的尊敬。

只有摒除所謂的：「萬般皆下品，唯有讀書高」的陳腐概念，德、智、體、群四育受到同等的重視，讓不怎麼會讀書卻活潑乖巧的孩子也同樣受到家長、老師的疼愛與鼓勵時，教育才算成功。

從眾最輕省，但切莫被偏見所挾持

大眾社會常會在無意中形塑出某種氛圍，習焉而不察，常常忽略了其中跟不上潮流的誤謬。教育的目的，是讓人學會溝通與思考，不要以為大多數人無異議的事就一定有正當性的。不只是孩子需要學習，大人也該養成終身學習的理念，隨時審時度勢，擴大腦容量，調整舊思維。

以下就以幾個比較常見的偏見做例子。

重閱讀，卻輕忽人生這本無字天書

哈雷彗星出現的那年，作家朋友L的兒子去學校請假要到南部去看彗星，學校老師說：

「都要聯考了，還請假去看什麼彗星！要請假，讓家長來。」

L到學校去，跟老師說：

「彗星七十六年才來一次，聯考年年都舉行。今年考不好，還有明年。」

老師被氣得吹鬍子瞪眼睛，視他如異類。

兒子上國中時，段考前一天黃昏，在學校操場打籃球，也曾被導師扭送教員休息室罰站，回家委屈哭訴，不知錯在哪裡。老師隨即電話告狀：

「要段考了，居然還在操場打球！你知道這時候還在打球的都是怎樣的孩子嗎？」

當我向他致歉並表示其錯在我，是我要他以平常心對待的，老師當下負氣地回說：

「既然如此，那以後我就不再管你兒子囉！」

才沒多久以前，我的一位就讀金華國中的姪孫，為參加課外活動的足球隊而被導師叫去訓話：

「你知道我們學校是以升學為導向，你幹嘛去參加足球隊！你又不是不會讀書，足球隊裡很多都是不愛讀書的流氓，你知道嗎？」

身為家長的姪子聽了氣急敗壞，卻也拿學校老師沒辦法。在考試的壓力下，書本成為學生的緊箍咒，老師跟許多家長擔心一旦緊箍咒鬆了，孩子就會像孫悟空一樣，翻出學測的藩籬外。考試到了，萬般盡皆可廢，似乎唯有讀書最高。

延伸思考

我們常會在不知不覺中形塑出集體的偏見，譬如：「學生的要務就是讀書，不要貪玩。」而所謂的「貪玩」可能是在球場上騁馳，或著迷於下棋、組織樂團、看連環漫畫……凡是跟文字書本無關的活動，都被歸類為不正經的活動；這叫「貴書本、輕人生」的偏見。

重視讀和寫，漠視聽和說，鄙視圖像解讀的能力

我常在有關閱讀的演講中被問到：

「我的孩子只喜歡看繪本和漫畫，不喜歡看文字，怎麼辦？有什麼方法可以讓他的

閱讀由圖像『進化』到文字？」

他用「進化」二字，充分顯示心目中對圖像價值的鄙視。然而，屬於圖像的年代也許真的來臨了，大人們可能得先解放腦裡「文字優於圖像」的成見，讓兩者的價值並列齊驅。我曾建議聽眾，何妨讓孩子由喜歡的繪本和漫畫入手，由少至多，逐漸進入文字的世界。一位聽眾幾近絕望地坦言：

「我兒子看漫畫書從來不必借助旁邊的文字。」

我大為嘆服，提醒他，那樣的兒子顯然對圖像的領略別具天分，將來也許會成為重要的圖像工作者亦未可知！其實，他最該憂心的是色情、暴力的劣質漫畫充斥才是；若是優質漫畫會有什麼問題！何況深層的圖像解讀能力也並非人人可得，跟文字解讀能力同樣是可貴的資產。漫畫不可怕，曾在中正紀念堂展出的手塚治虫，創造四百五十部、十五萬頁充滿人道精神的漫畫，誰敢小看他的成就。而活在當下，誰又能漠視國際書展中，動漫館裡大排長龍的空前盛況。

我們的語文教育也常走偏鋒——重視讀和寫、忽略聽和說，很少給孩子發言討論的機會，一逕要求他們閱讀之後必須勤寫學習單。學生厭煩之餘，索性連書都不肯讀了。我曾看到文學獎比賽奪魁的學生代表得獎者致詞，站在台上支支吾吾，滿嘴「然後」、「對」……語焉不詳的狀況和文字所虛構的精彩絕倫成了荒謬的對照，簡直讓人無法置信。

延伸思考

總之，最重要的生活體驗被記誦之學取代，世界將窄得只剩書本和電腦；對動漫、影像的輕蔑，在圖像當道的時代，將淪為落後人種；而進入社會後，遠比讀、寫更重要的聽和說又缺乏訓練，只能在虛構的網路或沉默的文字世界裡流連，勢將成為名符其實的宅男、宅女，人際溝通勢必成為大問題！總而言之，以目前的情況看來，幾乎只要學測不考的，都不在家長及學生的關心之列，當然也包括生活教育、品德涵養。

教育的目的，應該是讓生活更容易，可是如今扭曲變形得厲害；將來等到所有求學時的考試都圓滿結束後，工作、交友甚至最簡單的親人溝通……進入社會後的種種考驗要期待及格，恐怕就難上加難了。

沒有一代不如一代的事，吃鹽巴得提防罹患高血壓

常聽人老氣橫秋地搖頭嘆息：「真是世風日下，人心不古，一代不如一代。」這種

言語，我已經聽了不下四十年，從年輕時就經常聽到，到現在依然。到底和古人一樣有什麼好？古人真的有想像中那般忠厚純樸嗎？一代真的不如一代嗎？仔細想來，歷史上有哪一個時代是讓當時的人感到絕對滿意的！伍迪·艾倫（Woody Allen）在電影《午夜巴黎》（Midnight in Paris）裡說得好：

「人們都不太喜歡他們所處的年代，總認為他們活在一個糟糕的時間點，因為現實是最難妥協的一切。」

「一代不如一代」多半只是對現實無奈的反射性說法，一點建設性也沒有。老人家經常這樣感嘆，只是徒然擴大世代差距。我總慶幸活在現代，藉古鑑今是好的，但人心不要常常戀「古」，別說科技進步帶來的便利性，就問古代的封建制度斲喪了多少人的生機；前人的片面貞操帶給婦女多少殘酷的桎梏；早年的言論箝制害死了多少人；多少同志情誼被前人無端汙衊！現實雖然最難妥協，但如果我們老看不到現代人的優點，只知道放大一個我們不曾經歷過的年代的美好想像，那不是更讓人失去努力求活的興致嗎？能認真去發掘時代的進步與美麗之處，注視活在進步時代的開放、自由、方便與幸運，設法去除新時代的腐敗，讓生活更美好，才是正道。

習慣以威權領導的父母，最經不得挑戰。當孩子有了自主意識，困惑、質疑、反問時，如果只用權威的攻擊來防衛自尊，展現權力地位，好像一時占了上風。但聰明的孩子能夠立刻知道你有沒有把他的話聽進去、你有沒有同理他的感受，在多次的挫敗後，乾脆就放棄與父母溝通。父母可能還不自知，以為威脅解除了，權威與尊嚴再次獲得了確保。他不知道的是，他與孩子之間的聯繫從此解除，兩人只剩下法律上的撫養關係。

延伸思考

隨便就斷言「一代不如一代」，或常把「我食的鹽比你食的米較多」掛在嘴邊，鹽吃多了，除了增加罹患高血壓的可能外，別無用處，結果只是加深世代對立，並拉大親子之間的距離而已。

個人偏見最傷人

大學時，教《荀子．解敝篇》的教授曾說了個故事來解說人的偏見是很可怕的，他說：

「一位私塾的老師，有事外出，交代兩位學生好好自習，切莫打瞌睡，學生唯唯以諾。等他歸來時，兩位學生都拿著書睡著了。老師非常震怒，因為偏見，他叫醒了素所厭惡的張得恭，氣憤地呵叱他：『看看你！什麼德行！拿著書就打瞌睡。』他隨即指著仍和周公打著交道的李得彪說：『看看人家李得彪！打瞌睡都還拿著書！要多向他學學，知道嗎？』」

當時，全班同學聽了，都哈哈大笑，以為老師說了個有趣的笑話。走入社會，對人世稍有認識後，不知為什麼，常常會不時地想起這個故事，而且越來越相信它不只是個笑話。

常常去洗頭的美容院老闆娘育有一子一女。兩個孩子都天真可愛，見我去了，總喜歡向我展示他們新學到的本事。當小女兒上前時，老闆娘總是用笑眯的眼睛，愛憐地看著，不時地鼓勵誇讚兩句；而當較大的兒子上前時，她總一逕緊抿著嘴，嚴肅地呵叱：「就愛現！」幾次下來，我忍不住要為她兒子抱不平。老闆娘的理由聽起來似是而非：

「兒子嘛！要嚴格些，他太柔弱了，動不動就哭，我這是為他好。」

一日，兩個孩子結伴在閣樓裡。女兒突然淒厲得哭了起來，正為我洗著頭的老闆娘，不由分說地衝著樓上喊道：

「哥哥！怎麼又打妹妹啦！……妹妹！我們下來！」

妹妹帶著勝利的笑容下樓，久久不聞哥哥的聲音，我提高了嗓門問道：

「說說看，妹妹為什麼哭？」

哥哥這才哽咽地回答：

「人家在寫功課，妹妹非要搶人家的筆，我只是不肯給她，她就哭了。」

這是個單親家庭，母子三人相依為命，而一個未經求證的罪名、一句充滿敵意的「妹妹！我們下來！」硬生生把一個受委屈的七歲男孩孤單地遺棄在黑暗的閣樓裡，偏見所造成的傷害，往往就在這般無意識的三言兩語裡。

曾經，趙廷箴文教基金會資助一批優秀的中文系學生及高中老師出國做文教訪問，我幸運地有機會與他們同行。但高中老師和同學同行，難免不有些思想及行為上的隔閡，由老師對這些隔閡的不同思考及處理，可以見出現行教育恐怕得多一些寬容，少一些成見，否則，極易造成對立。譬如學生在遊覽車上，齊聲高歌，歷兩個半小時而不輟，有的老師便讚道：

「現在的孩子真行！又會讀書，又會玩，可比我們年輕時候強多了！」

但是，也有人不做如是想，搖著頭嘆道：

「也不留點兒精神，明天早上又爬不起來！」

延伸思考

一旦有了成見，即便是優點，也都看成了缺失，這時，人和人之間的鴻溝無形中便出現了。因此，如何去除成見，用較寬廣的胸懷來包容人生，恐怕是大人應率先自我惕勵的！

第六章

親子間相互靠近的練習

我們許多的苦惱大多因愛而生，快樂與否也多半因愛而來。那麼，該如何自愛，又該怎樣愛人？如何技巧地將我們的愛讓父母知曉？如何深刻解讀父母的無言之愛？如何在漫漫的尋愛過程中，不錯失了人間最為動人的風景？如何讓這趟人生的破冰之旅，處處充滿溫馨？

以下就來談談親子間如何藉由觀念的轉變，在生活的具體實踐中，逐步練習相互靠近。

基礎版——自我修持的基礎功

接受孩子的某些不可逆的定數並加以尊重

女兒上小學時，放學回來，躲在房裡啜泣。我束手無策，心碎難堪！又是分組惹的禍！

從前我吃的苦，如今又在女兒身上應驗。打從入學以來，老師便不停地要求學生分組，成績不理想的人，在課業分組中受挫；身手不俐落的人在體育課分組裡傷心；手腳不靈活的人在家事課分組中被棄；不諳求生本事的人，注定在童軍課中落單……而我那性格及體能俱柔弱的女兒集合了所有的弱勢，因之，每每在預知即將分組的前夕，便擔心地做惡夢。分組過後，則傷心落淚。做母親的我，想到自己童年時所受的同樣委屈，心中之痛，只能用萬箭穿心來形容。

而我能做什麼呢？除了說些無濟於事的安慰話外，既不能去指導老師如何教導學生體恤弱者；也無法一一提醒喜愛分組的老師注重分組技巧，避免傷害；更不忍心在已是滿臉淚痕的女兒面前再數落她須自我檢討。

女兒一向體貼乖巧，到底哪裡出了問題？我們從各個角度分析，透過她的導師和同學了解，甚至請教過專家，都不得要領，我像挖掘奧妙的生命本質般地反覆思索，上窮碧落下黃泉，最後仍是徒勞，唯一可以解釋的是臍帶相連的惡性遺傳。面對這樣的結論，我自覺有責任為女兒預示一個桃花源，以稍稍寬解她目前身處困境的痛楚。我說：

「沒關係，長大就好了。你看媽媽以前也是跟你一樣，可是，現在就不一樣了，現在我只要站在那兒，就會有人過來要求和我分在一組。」

我吹牛著，原是想藉著美好的遠景來安慰她，沒想到原已逐漸收拾淚水的女兒反倒又放聲大哭起來，絕望地說：

「啊！原來長大了還要分組啊！我以為長大就不必再分組了呀……」

面對這樣的尷尬處境，我無奈之餘，似乎只能提供肩膀讓她哭泣。一個人在出生前，即有某些定數：譬如性別、容貌、體格、氣質、性向等，而因為這樣的不同，其後還有因為性向、興趣及能力上的差異所造成的婚姻、工作抉擇的良莠。這時，接受本然的自己、或接受兒女的本性及其後的發展是重要的。不管生下來的是雞，還是孔雀；不管生下來的是男、是女、是跨性別、還是同志／蕾絲邊。他就是我們的孩子，務必心平氣和地接受他／她。

女兒小學三年級時，便立志當個美容師，幫人洗頭、燙頭。那一夜，她和我談起這個志願時，我不拿它當真，伊伊啊啊地胡亂搭腔，也不知自己做了什麼反應。等到她提到的次數日漸頻繁，甚至還暗示我們，希望那年夏天能得到一頂假髮做生日禮物時，我仍不拿它當一回事。哪一個人不從小朝三暮四地亂立志的。有一天，和一位小學同學開玩笑地提起：

「笑死人了，到哪裡去買那種練習梳洗用的假髮喲！」

同學一向務實，當下很嚴肅地告訴我：

「很好啊！孩子想規劃自己的人生是好事，應該鼓勵的，我記得和平東路有一家賣美髮用品的小店，你可以去問問。」

我騎虎難下地匆匆掛了電話，怔忡著。突然想起看過的一部克洛德．果雷塔（Pascal Lainé）導演的電影《編織的女孩》（The Lacemaker）。一位以幫人家洗髮、捲髮為職志的小女孩，愛上了大學生，終因種種差距過大，最後因為愛得太深，弄得住進了精神病院。我想到女兒一向痴情，不禁掉下了眼淚。

湊巧地，就在其後的某天，我正好路過那家店，便踱進店裡。老闆娘親切地拿出一頂連著臉皮的假髮，抱歉地說：

「這頂假髮要套在一個頭部的基座上，才能用。這種基座要明天才會送到。貴寶號在哪兒，我們可以為您送去。」

我不好意思地告訴她，這只是給女兒的生日禮物，家裡並不是開美容院的。老闆娘笑得前俯後仰地說：

「我這店開了這麼多年，從來沒碰到過有人拿它當女兒的生日禮物的，特別給您打個折扣。」

設備齊全後，女兒把頭架在一進門的客廳茶几上，天天梳子不離手地練習著。然而，一顆頂著長髮的腦袋兀自睜著大眼，無辜地杵在茶几上，不但嚇壞了許多沒有心理準備的訪客，即使是明知它存在的家人，在半夜從洗手間出來時，也仍不免被驚嚇了好幾回。一個星期過後，女兒跑來和我們說：

「爸爸說得不錯，洗頭是很辛苦的，我這幾天光替她編各種髮型，手就痠死了，別說再用洗髮精洗頭了。」

外子和我相視而笑，如釋重負。雖說職業無貴賤，自私的父母誰不希望兒女能從事些不必那麼辛苦的工作！沒想到女兒卻接著說：

「雖然如此，爸爸以前說過，做事不能一遇到困難就退縮，我會想辦法克服的。」

幾年了，我一直在期待女兒改變心意，然而，這次，女兒的意志卻似乎意外的堅強，她認真翻閱美髮雜誌，陪我去洗頭時，專心諦視美容師的手法，即將升上國三的她，甚至報名參加學校試辦的職業訓練班，雖然因故未能如願報名美容美髮科，而只是退而求其次地參加服裝設計科，但是，總算踏出了第一步，我為她感到驕傲，並尊重她的選擇。她的爸媽，在非自願的情況下盲目隨波逐流地念了許多書；她在主動的自我評量後，選擇了不讀很多書，在百般強調追求自我實現的今天，我是應該為她感到高興的，可是，不知怎的，卻無端地覺得無限辛酸……

女兒的導師鼓勵她，希望她受過訓，學會做衣服後，能為老師做一件美麗的衣服。女兒回來轉述時，臉上充滿了天真的愉悅，我雖眼角微濕，卻不自覺地感染了她的快樂，畢竟女兒的一生是需要她自己來走的。於是，我轉而樂觀地想像：當外子和我年紀老大時，一大早相偕爬山回來，先到立志賣包子的兒子店裡幫忙，再把早點打包，拎到女兒的美容院，女兒打著哈欠來應門，我們隨意地聊天，一邊吃著她哥哥做的包子，我立志到時候一定幫她把美容院的大鏡子擦得亮晶晶的，或者，也坐下來，讓女兒幫著洗洗頭吧！那時候，我決定一改現在的保守作風，讓女兒在我頭上實驗最前衛的髮型。

啊！兒子賣包子，女兒開美容院，外子和我兩人就佝僂著背在小鎮的包子店和美容院間來來去去，看起來，我們的晚年將過得挺幸福的哪！誰敢說：「萬般皆下品，唯有讀書高！」

以我自身的成長及教養孩子為例，我母親是極嚴格、極重紀律的。從小到大，迷糊的我，不知挨過多少藤條。母親硬生生把軟弱、糊塗、毫無秩序的我，用斯巴達式的教養方式，打成眼明手快、極為識相的人。相較於母親鍥而不捨地追根究柢，身為母親的我，就顯得寬鬆許多。從女兒身上，我彷彿看到母親口中當年的我：慌慌張張、迷糊善忘、東丟西落。不同的是，沒有絕對秩序的女兒，卻比當年的我多了幾分自信，也比較有安全感、比較快樂。

我常常在思考我們母女兩人之間教養上的得失利弊，母親的嚴厲與我幼年的孤獨，造就了一位經年從未間斷反省的女兒，不時警醒地窺伺周遭環境，在意旁人的毀譽，拘謹、缺乏自信、敏感多情、容易受傷；可是，也因為同樣的特質，當找到寫作的園地時，便如魚得水，一頭栽進，不停地和自己的心靈溝通。而我的女兒、兒子，不痛快時，可以栽在媽媽的肩上號啕大哭；有心事的時候，可以在燈下和父母娓娓傾吐；犯錯時，不會有藤條加身；高興時，有全家人和他們共享。兒女尚且年輕，我們無法預測他們的將來，但是，我們清楚感受他們現在的快樂。

延伸思考

在成長中受到適度尊重與信任的孩童，通常因為拘執少，溝通多，學習進度相形較快也比較能夠自重。但尊重絕非姑息，妨礙健康、安全、善良風俗或過度沉迷的惡習都該排除在尊重之列。譬如：飆車，在高風險快感中發洩情緒；沉迷電玩，在毫無建設性的耽溺中排遣時間；賭博，以投機的動機求取成功；吸毒，以戕害身體的方式麻痺自己。這些害人害己的活動要從小耳提面命，不要讓孩童踰矩。

尊重不是姑息，姑息是對惡劣生命品質的縱容；尊重是對生命的敬畏，小自個人生活的品味，大至對未來人生的規劃，尊重安排個人作息的權力：先洗澡或先吃飯或先做功課的自由；尊重個人的隱私，不亂翻家人的抽屜；尊重有選擇個人品味及自行規劃生涯的自由。簡而言之，縱使只是孩子，也該尊重他個人的抉擇並容忍他們在追求過程中所犯的錯誤，讓孩子從犯錯中培養對不良事務的抗體。

狠心的角力戰，讓孩子學會自我承擔

一位聽我演講的觀眾抱怨她的孩子總要等到臨上床了，才想起該做的功課沒做，常常因此搞到半夜。我建議她嚴格執行「超過上床時間後，不得再寫功課」的規定，那位媽媽吃驚地回說：

「那怎麼行！會被老師處罰欸！」她說。

「那就讓他被處罰啊！他是該被處罰的呀！」我說。

家長一臉不以為然的樣子，彷彿孩子被處罰是世界末日來到般的可怕，殊不知因大人過度保護而不犯錯的孩子，其實，並不真正具備免疫的能力，實際從犯錯中學習對不良事務的抗體，對學習中的孩子也許才真正具有意義。

說到和孩子的角力，我有切膚之痛。兒子從小有個壞習慣，每天得千呼萬喚，又拉又推地，方才不情願地起身。一日，我聽到朋友提及她那極優秀的兒子，因為住校，沒人叫起床，以至誤了期末考，差點兒被就讀的學校掃地出門。我聽了，瞿然大驚，這不正預示了兒子將來極可能遭遇的命運嗎？

於是，我決定在大錯鑄成之前，未雨綢繆。我召來當時正念高中的孩子，鄭重聲明，從此必須自行起床，不會有任何的協助，包括叫他起床；快遲到時，不會有人大動惻隱之心，開車護送。當晚，兒子攜進高分貝鬧鐘一只，決心自救。翌日，鬧鐘響起，他按掉拔高的響聲，繼續蒙頭大睡。十分鐘過後，我和所有天下操心的媽媽一樣，眼看孩子即將遲到，在客廳開始坐立不安，著急不已。但是，我同時不停地提醒自己：要長痛還是短痛？於是，我選擇離開現場，保持距離，免得自己又萌生「婦人之仁」。

當我到樓下繞了一圈，估量孩子應已出門後上樓，赫然發現兒子才揉著惺忪的睡眼起身，看到壁上的鐘，驚叫：

「快遲到了！你趕快送我去，也許還來得及！」

我按捺住護送他上學的衝動，拿起報紙，好整以暇地說：

「昨晚已經說好了！不叫也不送。」

兒子見我吃了秤陀鐵了心，比我還狠，乾脆也大剌剌地拿起報紙，看將起來。

「反正已經遲了，乾脆遲個徹底，看報吧！」他說。

我差點兒就改變心意，感謝天！我終究沒那麼做，只靜靜地和他一起看報。

那晚，兒子把家裡四個鬧鐘全借進他房裡。次日，在按停第四個鬧鐘後，他自動起床。從那以後，終於一勞永逸，解除了全家人的心頭大患。

過沒幾天，收到學校寄來的遲到通知書，我把它收藏進兒子從小到大所獲得的一大堆獎狀當中，當做他成長的一大指標。我們堅信，讓孩子承擔一點小錯，是避免將來可能鑄成的大錯。相較於那些琳琅滿目的獎狀，我們覺得這張警告通知書反倒是幫助他成長最有力的證據，最具意義。

沒學會自我承擔的孩子多半很會找藉口，譬如：成績單拿回來，父母的眉頭皺得幾乎打結，第一個藉口馬上出現：「你不知道老師出的題目有多賤！」

別的同學呢？「你記得上回考全班最高分的張某人吧？他這回也只考了六十五。」

那全班最高考幾分？「別提了，那人根本是變態！居然考九十八分！」

如果拿一張同事孩子的好文章請他參考，他看完後，準撇起嘴角，不屑地告訴你：「這有什麼稀奇，我們班也有同學會寫！」

怎麼你就寫不出來？「我哪是寫不出來，我是不屑！」

稍稍長大些，藉口的花樣也隨年齡的增長而多樣化。上課遲到是「鬧鐘太菜了，居然沒響！」或「其實我很早就出門，交通阻塞，動彈不得，沒辦法！」

電話打得風雲變色、一發不可收拾，是因為「對方不肯放電話，我有什麼辦法？」

叫衣服試穿一床的女兒，將屋子收拾了再出門，她一定噘起嘴反問你：「你是要害我遲到嗎？人家已經來不及了！」

適婚年齡時，決定甩掉舊愛、另結新歡，必對失歡的故人祭出「我們個性不合。」

或乾脆找人代為受過：「我媽反對！她含辛茹苦把我養大，我不能讓她傷心！」

有些膽子較大者，所選擇的藉口也較富冒險性，作業遲繳了，「因為爺爺出殯！」「因為媽媽住院。」算準了老師不會為此大費周章去求證，媽媽好端端在家看《如懿傳》和爺爺早死了七年的事都不容易穿幫。

既然每個人都是獨立個體，都應受到尊重；那麼，每個人也都應該為自己的作為負責。家長過度操心，幫忙背負太多責任，往往導致無法獨立的後果。譬如：下課回家的孩子，多半盤據電視前，不忍就走，任憑母親喊做功課的聲音由溫柔轉為淒厲，家家戶戶的孩子全了然淒厲的分貝到達何種程度時，必有後患，而未到臨界的標準值時，絕不輕言犧牲，親子間的角力便從類似看電視這種細事起始，無所不在。

延伸思考

父母與兒女的角力，說穿了，比的就是誰狠。父母常在角力中潰不成軍的原因，也就在孩子往往比較沒有顧忌，他們有足夠的籌碼，這個籌碼就是父母對他們的愛。父母總不忍心讓孩子吃苦，捨不得讓孩子擔當。其實，做家長的，最基本的責任是什麼？提綱挈領不外乎：營造良好的讀書環境、培養優質的婚姻關係和做出正確的道德及生活習性示範；除此之外，該孩子自己負責的，家長不必往自己身上扛。

溝通不只為解決問題，希望進而預防問題

有位媽媽就曾跟我抱怨，三個孩子分別念國中和國小。小孩要求打電動時，先生如果心情好，就卯起來跟孩子PK，大人輸了，大半夜的，還不肯放孩子上床；心情不好的時候，義正詞嚴說：「玩物喪志，都要考試了，還玩。沒收。」

小孩請媽媽居中協商：「考完試可以玩嗎？」

丈夫回說：「當然可以，我哪會那麼不近人情。」

等到考完試，孩子問：「爸拔不是說考完試可以玩了，把遊戲機拿出來吧。」

爸拔忽然抓狂回：「你敢說，我可不敢聽。考那麼爛的成績還想玩！」

孩子就找到理由生氣了，說爸拔總是不守信用。這就是典型的所謂「溝通不完全」，是指在溝通過程中輸送給接受者的訊息不夠完整，讓接受者產生和輸出者理解上的落差所造成的，所以訂定的規則要越詳細、越嚴謹才行。

當然，我們必須了解遊戲規則的訂定不以處罰為目的，而是以解決問題、進而提防為目標。我從小丟三落四，經常挨打，但迷糊依舊。結婚以後，常常忘帶鑰匙。外子見我買菜回來，也不時為了忘買這、疏忽那地進進出出。他開始耐心教我出門前稍安勿躁，先坐下來記小紙條；回家前將紙條上已完成的事打勾勾，狀況似乎稍微有改善。接

著，他在門邊釘上放鑰匙的裝飾小箱，以利取、放鑰匙，遺忘的機率遂少掉許多。大人如此，小孩依然，光是責罵無濟於事，協助孩子解決問題才是正道。

規則訂定後的執行，心理學家都服膺「溫柔而堅定」——溝通時態度要溫柔，執行賞罰的遊戲規則時必守堅定原則，不得七折八扣。凡是養過孩子的人都知道，這話說來容易、執行起來困難。規範被破壞時還能動心忍性、保持溫柔者幾希；何況人有七情六慾，執行賞罰時，難免不受時空及心境的影響，而有差別待遇。尤其「堅定」二字最難，父母經常頒布若干守則，卻因婦人之仁，無法貫徹。如果沒有執行上的堅定魄力，孩子通常會察顏觀色，知道何時當俯首認罪，何時可以討價還價、予取予求。

當然，在訂定規則前，還得先正確評估孩子的能力。學測在即，對一位成績只在及格邊緣的孩子說：「如果你考上台大，爸拔會送你一輛跑車。」不管這種禮物是否合適，光是對孩子做了不切實際的期待，這樣的獎賞諾言就是無稽。

兒子上小學中班時曾經質疑我：「為何妹妹成績只要超過八十分就能得到獎品，我卻需要達到九十分以上才有獎品？」

我就問他：「電話響時，誰去接？」「妹妹。」

「電鈴響後，誰去應門？」「妹妹。」

「媽媽找不到東西時，通常誰比較熱心幫忙找？」還是妹妹。

「那就對了。獎勵是為獎賞進步，但每個人的強項不同，你如果在家事上變得積極些，雖然也許還趕不上妹妹，但是因為有進步，也是可以得到獎品的。」

他再無異辭，看起來是被我說服了。

延伸思考

推託責任既然是一般人很容易便陷入的坑洞，教養上想避開，有時得仰賴強制的法規，所以在教養過程中，建立明確足資遵循的規則很重要。父母的教養觀念要明晰、前後一致，父母不要各行其是。這樣，才不會讓尊重淪為姑息或怠惰。當然什麼是不能容忍的過失？（譬如說謊或吸毒）；什麼是可以容忍的錯誤？（譬如粗心或躲懶）什麼事可以商量？零用錢的用度嗎？什麼事非做不可？是回家探望祖父母嗎？甚至犯了什麼錯該受怎樣的處罰？不因個人心情起落而從輕發落或加倍處罰。

總之，大人和孩子站在一樣的高度，共同商量著訂立規則，是督責孩子守信的憑藉；如果大人單方自行立法，由上而下，嚴控孩童不要踰矩，如此，犯規就如同觸法。

記憶無法像風——提醒必要的安全防護

多年前，女兒上國一時，我曾寫過一篇〈如果記憶像風〉的文章，敘寫女兒在學校被霸凌的經過，飽嘗拳打腳踢滋味的女兒期望那些可怕的記憶能像風一樣消逝無蹤。當時，在暗夜中，我含著眼淚，用著顫抖的手，一字一句寫下被害經過及我們當時的處置方式，內心淌血，感覺孤立無援。

事隔多年，記憶果然無法像風。女兒所受到的傷害，依然沒辦法完全癒合；常常在路上走著、走著，就驚嚇地錯覺當年施暴者仍如影隨形。想到一向以為最安全的校園，竟然淪為暴力相向的場域，就讓人感到惶惑不安。霸凌絕非只是單純的孩子欺負孩子的問題，它的成因，彼此牽絆，家庭的、學校的、社會的，千絲萬縷，不容易釐清。據我的觀察，這些加害者多半是失歡的孩童。所謂「失歡」，或是家庭暴力的受害人；或是家長無暇管教、關愛的小孩；當然也有低成就的學生，因為在課業上無法得到肯定，就另謀出路，在拳腳上下功夫；也有些是由被霸凌者轉為加害人的。這些學生的行為固然可恨，但孰令致之？值得我們大人好好思考。

不可否認的，許多家長不盡成熟，難以依賴；經過專業訓練的老師被寄予厚望，也是自然的事，理應率先釋出善意，補家庭教育之不足。老師若能將眼光從優秀、出色的學生身上挪出些許給那些在家庭中失歡、在課業中受挫的孩子，也許才是上策。唯有這些孩子的心靈得到溫慰，學校沒有放棄他們，才能保護校園內其他的學生。除此之外，家庭教育裡也需教導孩子安全的自保方法，必提醒勿淪為霸凌者的幫凶。

延伸思考

搶救那些正在歧路上踟躕、徘徊的靈魂。他們一失足，就成可怕的未爆彈；一得到救贖，可能成為社會的中堅。唯有老師發揮愛心、耐心，並加強輔導技巧的訓練培養，從根本的關愛做起，才是可行之道。而做家長的我們，不必心懷成見，但也要叮嚀自家孩子，遇到霸凌事件，必須在第一時間便跟家長稟報，讓父母來一起協助孩子面對困境，別讓悲劇在脅迫恐嚇的孤獨狀況下發生。

不以四、五十歲的成熟，譏笑一、二十歲的天真

女兒上小學時，有幾個下午不用上課。通常，我利用這段時間回一些信，或看些閒書，不花很多腦筋；女兒則一邊寫著國語或算術的作業，一邊和我談著早上在學校發生的事，私人的恩怨、團體的榮辱，鉅細靡遺的。兩人隔著樹影，時而交換個會心的微

笑，時而，女兒起身膩到我身邊，挨擠著，說些悄悄話。遇到開心的事，則兩人拊掌大樂、笑鬧成一堆。這一段午後的交心時間，是一場場豐富的心靈盛筵。

三年級開學後，有一大段時間，女兒接連著和我細說著同一個綽號叫「朱公」的男孩。朱公的一舉一動、一顰一笑，都成了女兒報導的焦點。一日午後，女兒支頤發呆很久，突然問我：

「媽！每次朱公跟我說話，我的心就怦怦跳，這是不是就算愛上他了？」

我嚇了一跳，手上的書差點兒掉了。我望著她熱切的眼，只好坦白地回說：

「大概是吧……可能講『喜歡』比較對吧！」

女兒大概沒聽到後一句，她無限快樂地說：

「今天放學的時候，他跟我飛吻！樣子好瀟灑哦！你都不知道。害我一路上都開心得不得了……」

我聽得目瞪口呆，不知如何接腔。吾家有女初長成，一種寂寞的感覺慢慢地向我席捲而來。但我不動聲色地聽著，和她談著。一個月以後，有關朱公的種種消息越來越少，終至有一大段時間全失了訊息，我試探地問：

「朱公呢？最近怎麼沒聽你提他？」

女兒老氣橫秋地說：

「我早就不再愛他了。我越來越覺得他不夠穩重，至少要像爸爸這樣才行，對不對？反正我才三年級嘛！我要慢慢找！我還會有國中同學、高中同學、大學同學哪……」

其後，她每有鍾愛的對象，總是很坦率地跟我分享感受。我好慶幸在九歲那年，她首次透露心裡的愛戀時，沒有譏笑她，日後得以隨時很自然地分享她的愛恨情仇。做父母的，想和兒女有良好的互動，首先得有求知慾，隨時了然這個時代的新趨勢！其次，常常回想自己尷尬難馴的過去。適度地將心比心，將使你減低憤怒、增進了解；進而接受孩子的沮喪情緒，一起研商改進之道。兒女們最討厭的便是父母以五十歲的世故來譏嘲他們十八歲的天真！

延伸思考

家長常常感嘆孩子的世界諱莫如深，似乎沒有進一步溝通的可能。尤其在青少年時代，即使頭角崢嶸，也是滿身刺蝟。其實，孩子之所以婉拒溝通，除了少數是個性孤僻所致，大部分都是在成長過程中，與父母溝通受挫之後的逃避。有的是常被指責、有的則是經常被訕笑，這些訕笑或指責往往是世代變化所造成的鴻溝。跨越之道無他，就是大人要設法蹲成跟孩子一樣高度來理解孩子的世界，多些耐心來等候孩子變得成熟。

不只對待孩子如此，對待年長的父母更是如此。年長的父母，經歷更多，難免自恃經驗豐富，喜歡指導人。但歲月畢竟不留情，體力漸衰是必然，當體力和經歷開始成反比時，逞強爭勝的現象便浮出水面。尤其退休後的長輩，與社會的接觸漸少，跟上時代的腳步變得蹣跚；記憶開始不牢靠，重複嘮叨也是人生的正常。這時候，就需要正當盛年者多加憐恤、多擔待，畢竟人人都會經歷那樣的一天，屆時，我們可以想一想，希望將來怎樣被對待。

進階版——一個故事有兩張臉

在抽油煙機隆隆的嘈雜聲和昏暗的燈光掩護下

記得兒女還小的時候，黃昏放學回來，母子三人慣常在廚房中，嘰嘰喳喳說話，在抽油煙機隆隆的嘈雜聲裡，我認識了孩子的老師、同學，甚至他們的想法。相較於我孤單的童年，我的孩子應該是幸運的。國小階段，每個他們不用上學的星期三午後，我們母子三人在書房裡，分坐三張書桌前，彼此探問最難啟齒的心事，女兒九歲時的初戀，兒子收到的第一封情書，對學校或老師若干措施的不滿，甚至對彼此的批判……夏日裡，我們一起享受沁涼的冷氣；冬天時，則緊閉窗戶、共同領受冬陽的溫暖。有時，也背著道貌岸然的爸爸，來一個小小的出軌：或者為他們煮一杯牛奶多過咖啡的熱咖啡，或者關上窗簾，躲在陰暗的角落講鬼故事，或者什麼事也不做，三人齊齊發呆。多年之後，當我們共同回首往事，這些生活裡的細事，往往成為最美麗的記憶。

另外，孩子經常在晚上十一點過後，磨磨蹭蹭跟到床邊，壓低了嗓門和我說話。躺在另一邊的外子慣常指著手錶埋怨說：

「都什麼時候了！有話不早些說，老是等到三更半夜。去！去！去！回房睡覺去，有話明天再說！……」

這時，我總是躡足而起，和他們一起到書房晤談。藉著黑夜的掩護，許多難以啟齒的心事，便在昏暗的燈光掩護下娓娓道出，我因之分享了兒女在成長過程中一件又一件不輕易透露的祕密，母子間，也因此培養出共患難、同悲喜的關係。溝通的要訣無數：

接受、尊重、同理心、理性、客觀……幾乎是大家都知道的事，可是，真正身體力行時，卻往往忽略了掌握時機的重要性，孩子有話要說時，父母沒時間搭理或沒心情聆聽，等到時機一錯過，大人再想停下腳步和孩子溝通時，孩子卻早已意興闌珊了。

延伸思考

忙碌的現代人，常常沒有時間和孩子對話。其實，溝通的時間和品質同樣重要。孩子幼小時，做父母的忙著應酬，一雙手勤於和別人握手或打招呼，卻疏於伸向渴求擁抱的孩子；機會一經錯，便永難追回，它可能也正意味著一輩子的親情疏離。當孩子拋出一連串的「為什麼？」來探索宇宙時，父母若沒能掌握瑪麗亞．蒙特梭利（Maria Tecla Artemisia Montessori）在《童年之祕》（*The Secret of Childhood*）一書中所謂的「成長敏感期」，付出更多的耐性為他釋疑，則再多的奶粉恐怕也無法使他「高人一等」；孩子遇到困境時，家長未能掌握時機，伸出援手，也許就因此鑄成無法彌補的大錯。

假蟑螂和小飛俠圖案的貼紙大戰羽毛被

幾位煞費苦心的家長，聽說有人有一條船，想方設法讓船主人帶好幾個七歲左右的孩童搭船出去玩。船主人被賦予重任，一路上跟孩子解釋船上的設備、開船的操作技術及海洋的生態，可惜孩子們似乎興趣不高。耗掉大半個下午後，終於上岸。母親湊過來問好不好玩，小朋友興奮回應：「好玩。」其中一位母親接著問：

「覺得什麼最好玩？」

孩子們異口同聲說：

「最好玩的是看到小狗在甲板上吃生力麵。」

求好心切的母親們，錯估了孩子的年齡，急著給孩童填充超齡的知識，注定要大失所望。

兒子跟女兒分別就讀小一跟小三的那年教師節前幾日，孩子要求教師節當天能帶些禮物去探望老師。難得孩子們有心，我當然慨允。然而，連日忙碌，一直到二十八日早上，才急急趕到百貨公司去選購禮物。匆忙之中，忽然在超市角落，看到一抹誘人的粉藍，是那種無論視覺或觸感都教人打從心底喜歡的羽毛被，當下不假思索，興沖沖扛回了兩床。

一進門，兩個孩子滿懷期待地圍觀，一看是被子，不約而同哭了起來，尷尬地說：

「哪有人送老師棉被的！被同學看到會被笑死的。」

我一下子被潑了盆冷水，幾乎要惱羞成怒；再三和他們解說大人的觀點和小孩不同，以及棉被的實用價值等，兩個孩子根本聽不進去，只是流淚！三個人便在充滿了陽光的客廳裡各懷心事地賭氣著。

其實，在孩子們淒慘的哭聲中，我也慢慢反省到自己的本位主義也許是一個錯誤，我不得不承認，時光如果倒流，面對這床棉被，我恐亦只有痛哭抗議的份兒。然而棉被已經買了，何況，對那抹淺藍的魅力，我仍深具信心。最後，在我恩威並施下，孩子們只好含淚就範。

這般局面，實是始料未及，我心情沉重地載送他們前去，孩子們下車後，仍在車門旁佇立許久，才紅著眼、萬分不情願地按電鈴。老師出來了，我突然莫名地緊張起來。說實在的，我對老師的了解不深，萬一她對著棉被大笑，或者竟什麼話也不說，則孩子對我僅存的些許信賴，將可能毀於一旦。

老師客氣地請我們進去，聊著，並當場打開禮物，隨即綻開了一臉燦爛的笑容，高興地朝兒子說：

「哇！好棒！好漂亮！以後，只要一到秋天，我蓋上這床棉被，就一定會想起你來，真是謝謝！不敢當啊！」

聽了這話，眉頭深鎖的孩子這才破涕為笑。那一剎那，我如釋重負，竟差一點兒哭起來。

次年的教師節，我讓孩子自己去挑選謝師禮。禮物買回後，兒子促狹地透露：

「我的禮物老師一定會喜歡，我要送他一隻假蟑螂，讓他拿去嚇他的同學。」

女兒則興奮地說：

「我送老師橡皮擦和貼紙，上面有我最喜歡的小飛俠圖案喔！」

延伸思考

教養孩童時，大人要常保赤子之心，時時回到童年，站成跟孩子一樣的高度。童心最可愛，世俗的價值觀尚未打進心裡，他們絕對同意孫越叔叔的一句廣告金句：「好東西要跟好朋友分享。」

一個故事有兩張臉

兒童哲學家楊茂秀教授曾在一場名為「一個故事兩張臉」的演講中提到幼童總對聽

同一個故事不厭其煩，《白雪公主》聽了又聽，到幾乎能倒背如流了，還纏著大人說。大人敷衍應付，如果說錯了，小朋友還會糾正你，但是，他就是一再喜歡重複地聽。因為，故事本身是一張臉，這張臉是一成不變的；而說故事者有另一張臉，這張臉卻隨投入、共享程度的深淺而顯得千變萬化。孩童比較在意的是說故事者的這張臉，如果說故事的大人心不在焉，孩子是不肯善罷干休的，他會一直注視到那張臉神采飛揚為止。

一向依各項指南過日子的外子，為貫徹幼教指南中所強調的親子活動，在孩子小時候，每遇星期日，清早即起，將睡夢中的大人、小孩全喚醒，備上風箏、飛盤、呼拉圈……等玩具，一路直奔郊區的中央大學或中原大學，實踐專家的叮嚀。到達目的地，將一干人等傾倒出車外，取出各式玩具，然後，先將眾人腕上手錶對準，接著清清喉嚨吩咐：

「現在是九點鐘，你們可以玩到十一點，十一點整，再回到原地集合，聽清楚沒？」

說完，解散，他隨即取出雜誌或書本數冊，找一蔭涼處所，開始六親不認地看將起來。起始幾回，孩子還企圖拖他下海玩遊戲，幾次被婉拒後，就不再遊說他了。如此這般，過了幾個月，星期天的期待逐漸變成孩子的負擔，終至有一天，天真的孩子們很抱歉地跑來徵求爸爸的同意，說：

「以後，我們可不可以不陪你去郊外看書？你可不可以自己在家裡看呢？」

延伸思考

大人往往感嘆為孩子花費金錢、犧牲時間，孩子卻不領情，其間的關鍵就在缺乏共享的愉悅。買了鋼琴，逼孩子彈，或硬撥出時間帶孩子去才藝班學習，卻沒心情坐下來傾聽或為稚嫩的琴音鼓掌；花大錢買套書給孩子，限期閱讀完畢，自己卻不願聽聽孩子的心得，只願和八點檔連續劇打交道，難怪只能和孩子大玩官兵抓強盜的遊戲，成天做板著臉孔的官兵。

孩子喜歡大人和他們共享，大人又何嘗不然！先生回家喜孜孜地大談自己在辦公室的豐功偉績，最忌諱太太兜頭潑冷水；太太回家控訴長官的無理要求，最需要聽到丈夫的同仇敵愾。不拘男女，做了飯菜，就希望有人一掃而空或邊吃邊稱讚；談戀愛時，逢人便傾訴，唯恐天下人不知另一半有多可愛。不管快樂或悲傷，有人共享，快樂加倍，痛苦減低。

相信幽默與情趣的功效

聽過這麼個故事，一直擺在心裡警惕自己：

先生出國進修，太太和三歲的孩子悠遊度日。母子倆，閒來無事，背《三字經》玩兒。在廚房、在屋外的草坪、客廳的地毯上，媽媽一句，兒子跟一句，幾乎快背光了，就剩了一點兒。爸爸從國外回來了！一次，兒子在眾人面前現了一段，爸爸又驚又喜，決心帶領孩子將其餘的背完。那日，清早即起，爺兒倆端坐客廳，爸爸一句，兒子跟一句，正經八百地唸著、唸著，爸爸生氣的聲音越來越大，兒子啜泣的聲音越來越淒慘，最後是哭聲夾雜怒斥聲，不但後半截的《三字經》沒背成，孩子從此聞《三字經》色變，再不肯開口唸一句，他恨死《三字經》。

這個故事給我的啟示是：遊戲中的學習往往事半功倍，而缺乏情趣的教育常讓人視為畏途。不僅是學習，在煩亂喧囂的世界，缺乏了情趣幽默，人際關係也不免蒙塵。

一句幽默的話不但能自娛娛人，往往還能潤澤人際，化腐朽為神奇。先生和太太一起聽音樂、喝咖啡，覺得無限幸福的先生突然問太太：「你覺得貞觀之治有像現在那麼好嗎？」一語道盡天機。

一位家住台北的朋友任職南部，每兩星期回北部一趟，為增進親情，他規定回去的那個星期六晚餐，不問任何理由，必須闔家同聚，共享天倫。行之數月後，一日，因為公司臨時出狀況，不能如期回去。他非常愧疚地打電話回家，原以為家人會失望地怪他不守信用，沒想到電話那頭居然傳出妻子和兒子的一陣歡呼聲，兒子興奮地鼓掌道：

「哇塞！爸爸不回來欸！好棒！應該懸掛國旗慶祝！」

他簡直不敢相信自己的耳朵！他沮喪地同我抱怨：

「做人有什麼意思！拚死拚活賺錢養家，碰到一群忘恩負義的傢伙！想起來真灰心！」

同情之餘，我也不免好奇，到底這位可憐的爸爸回家時都做了些什麼事，竟惹得妻子孩子如此反感？朋友委屈地回說：

「哪有時間做什麼！我只是覺得平常都沒有盡到做父親的教導義務，好不容易全家聚在一起，該講的話盡量掌握時機在飯桌前提醒一下而已。兩個禮拜才回去一趟，孩子的功課不該關心一下嗎？太太迅速發胖不該提醒一下嗎？女兒伶牙俐齒，不該責備一下嗎？……」

聽到這兒，在座的朋友全笑開了！一位太太笑得岔了氣，說：

「完全跟我家那口子一個德行！吃飯就吃飯嘛，淨挑不營養的話說。什麼：『我聽你媽說，你最近越來越不像話，厝裡不是旅館，你給我小心一點，皮癢哦！』然後回頭看到女兒偷笑，又板起臉孔訓斥：『你也仝款（同樣）！一間房間像豬槽！敢有像一個查某囡仔人，以後誰敢娶你，我就輸你！』我勸他吃飯時別把氣氛搞僵，影響消化。他又說：『就是你把囡仔寵壞，還有臉說！你是要等到囡仔予人送去火燒島才管是毋是？』真把我氣死了！當初怎麼會看上這麼沒情趣的人！」

訓話不挑時機，不講究方法，正是一些振振有辭的家長管教失當的通病，他們迷信義正辭嚴，不肯相信幽默與情趣常能達到意想不到的功效；而沒有情趣的家長教不出幽默的孩子，孩子在伸出觸角探觸世界時，幽默的觸鬚只要有幾次被怒斥為「嘻皮笑臉」或「不正經」，幽默與情趣便會像含羞草般緊張地縮回。

延伸思考

佛洛依德（Sigmund Freud）說得好：「最幽默的人，是最能適應的人。」面對尖銳問題或尷尬場面時，以幽默的方式應對，往往能化解緊張對立的氣氛。它是機敏的臨場應對，蘊含高雅、雋永的情趣。雖然，一般以為這種能力得之自然者多，得之學問者淺，未必人人都具備，但是，我相信絕對可以藉由耳濡目染、觸類旁通來培養。

書本裡，出現幽默的文章；家庭中，父母多提醒孩子對人性做深刻的觀察，雙管齊下，讓孩子慢慢琢磨，逐漸摸索，必定有人可以跟著寫出幽默，有人能夠隨之讀出趣味，久而久之，這樣的訓練自然會內化到生命裡，成為終身受用的財富。

「傾聽」的溫柔實踐可以化戾氣為祥和

多年前，我曾不小心誤買了張昂貴的印花桌巾，正自懊惱間，母親北上時還屢屢火上加油：

「這就是那條貴參參的桌巾？恁北部人是安怎！搶人啊！」

為了化解尷尬，我百般設法找出桌巾的好處以掩飾。先說它曾做過防靜電處理，「防靜電有啥物路用？」我瞠目結舌；只好接著強調水滴在上頭不會散開。

「隔壁金水嬸厝內有一條塑膠的，才兩百元，也不會散去。」

我無計可施，做最後的掙扎，辯稱：

「你看鋪上桌巾不是漂亮多了嗎？」

「我看也差不多，普普。」

母親步步進逼，我節節敗退。幾個月後，我惱羞成怒：

「以後就請您別再提啦！我買貴了東西已經夠懊惱了，您還每次來、每次說，到底要我怎樣！」

一向好強的母親，忽然放下碗，囁嚅回說：

「毋是啦！我最近雙手定定（常常）咇咇掣（發抖），夾菜的時陣，驚無小心落下去，去滴著你這麼貴的桌巾就壞了！」

我永遠記得當時母親說話時窘迫的臉和我聞言後的情緒潰堤。好強的母親，不慣示弱，她不逕自說明可能弄髒昂貴桌巾的憂心，反用強悍的批評來譏嘲。而身為女兒的我，竟沒能及時識透老人家的再三批評，其實是聲聲焦慮的「衰」之昭告，寧非大不孝！人際溝通中，傾聽的重要是現代人都知道的。而問題常常不在於「聽了沒」，而在於「聽懂了沒」。

這個有關「傾聽」的親身經歷，讓我感慨良多且深自惕勵。這些年，我有許多機緣和聽眾切磋親子相互對待之道，發現聽講者多著意於爬梳跟兒女的互動，卻鮮少有人來切磋和老父母的相處，這其實是頗值得警惕的現象。老人時代施施然不請自來，未來世代的主人翁在不婚和頂客族日多的少子化潮流下，未必得和兒女直面相照，卻大多必須有和多位老人家長相廝守的心理準備。但從眼下的家庭與社會氛圍看來，這恐怕將成為中壯年人口最為嚴峻的考驗。

基本上，台灣整個社會雖對老人生理處境多所同情，但對心理的理解卻還甚為表淺，更缺乏對這議題的學習動機與熱情；而當「整齊、清潔、簡單、樸素、迅速、確實」的新生活目標，逐漸成為老人無力追隨之痛時，沮喪會逐漸轉成巨大的失落；當衰老病痛來勢洶洶，必須仰賴兒女扶持，而長期累積的尊嚴與權威，又無法隨勢自解。這時，我們將看到一位彆扭、不講理卻又無法自理的老人，像孩子般耍脾氣或生悶氣；而我們往往只將這種現象簡化為：

「人老了，就是這樣，越來越古怪，越來越不講理。」

然後，置之不理。老人不是頑固，是因為歷經滄桑，一時無能示弱；老人不是不講理，是因為思路日益糾纏、常有理說不清；老人不是躲懶不肯去運動健身，而是生理逐漸頹敗，已無力掌控屬於自己的臭皮囊。這時，我們多麼期待可塑性較強的年輕人能多用「心」傾聽，並以溫柔對待。

延伸思考

語言的弦外之音，是一門艱深的學問，更是溫柔體貼的具體實踐。得先聽出正確的語意，才能做出適當的回應。傾聽不僅需要耳目並用，還得用心琢磨。年輕時越能幹的老人，越無法接受體衰、身弱的事實。曾經呼風喚雨、領著子女面對生活裡風雨侵襲的長輩，年歲大了，雖然手抖了、腳顫了，但要她在言語上主動向兒女繳械服輸可是萬般艱難的課題。

跟家人站在同一邊——母親的孤立與十二歲時的剪辮子事件

猶記小學畢業那年的夏天，同學惡作劇地偷偷剪去我的一截辮子，說是要留作紀念。黃昏時分，我披著兩邊參差的頭髮，一路啼哭回家，一頭撲進等在豔紅鳳凰木下的母親懷裡。母親聽完我抽抽噎噎的哭訴後，一把將我推開，斥責道：「一定是恁隨便跟人開玩笑，若無，人家哪會遮爾仔無聊！」當下，我頓覺夜色四闔、舉目無親。母親竟然向著別人？沒有選擇跟我站在同一邊！她那一推，真是力道萬鈞！從那之後的約莫二十年間，我密藏所有心事，即使在生活中跌跌撞撞、頭破血流，也不肯和她傾吐或尋求援助。我因之最明白一味站到對面，對孩子來說有多麼殘酷！這樣的切膚之痛，謹提供家長及老師參考。

另外，我的母親老是來和我抱怨媳婦的不孝，基於不應煽風點火的小姑準則，我總是勸母親說：

「其實，嫂子已經很不錯啦！現代的媳婦不比以前了，不能要求太多啦！」

母親聽了，總是悻悻然離去。有一天，母親在我勸說告一段落時，突然激忿地朝我說：

「以後，恁轉去台中，就毋免轉娘家了；既然恁嫂仔遮爾仔賢慧，恁就直接去伊遐（那裡）就好了！」

我嚇了一大跳，不知道自己哪裡做錯了？母親委屈地接著說：

「每次，跟恁姊妹講，恁總講伊對、我毋對，好親像我有多無理。生查某囝仔有什物路用！我死以後，恁就歡喜了！」

本來以為這種息事寧人的做法可以解決問題、減少母親的痛苦，誰知，不但無法息事，反倒讓母親更加傷心。

後來，我改變策略，選擇跟她站在同一邊，事情居然有了意外的改變。我附和母親：

「我就一直覺得大嫂這人怪，嫁來我們家都已經幾十年了，一點進步也沒有，定定（常常）惹你生氣，到底伊有什麼問題！真是莫名其妙！」

母親忽然一反常態地為大嫂辯護起來：「無那麼嚴重啦！」我加碼演出：「怎麼不嚴重！上個禮拜不是才聽你抱怨她很白目，什麼代誌攏比別人慢半拍！」

母親聽了，笑著說：

「彼件代誌，認真講起來，我也有一屑仔毋對，我們毋免（不用）佮（跟）伊計較傷濟（太多）！」

原來，老人之所以被認為難應付，常常源於勢單力薄的孤獨感。有了女兒跟她站在同一邊，不必叨叨絮絮辯解，她覺得被理解了，氣也壯了，這時，她才有能量寬待晚輩的小缺陷。

延伸思考

成功的人際，往往是因為和大夥兒站在同一邊。和大夥兒站在同一邊並不就意味著同流合汙、沆瀣一氣，而是儒家所說的「絜矩之道」，所謂度人度己之道，西方人常說的感情輸入法，兒童心理學者所說的同理心。
習慣以道德教訓作為談話結論的人，自己雖然在行事上未必能躬親履踐，但言談中總對真理正義無法忘情。然而，急於求好的結果，往往欲速不達。其實，類似的傾聽經驗，最窩心的做法，恐怕是先行接受傾訴者的感受並分擔他的憤怒、悲傷、難過種種情緒。至於建議、評論的好意，還是等當事人心平氣和後再說吧！

加分版——將心比心的溫柔體貼

愛的宣言如同天籟——愛要及時說出來

一次，新聞時間，記者訪問一位飆車少年，問他知不知道飆車的危險？飆車少年對著電視鏡頭侃侃而談：

「我們當然知道是很危險的啦！只是我們早就把生死置之度外了！」

這樣的回答真是讓做父母的痛斷肝腸！我都相信，孩子之所以能輕易將生死置之度外，是因為家長沒有及時將愛孩子的心意表達出來，自認為沒人心疼的孩子才會不顧死活的在速度中競逐。

女兒剛要升上小三的那年夏天，我帶著她到金石堂和一位從英國回來的朋友吃飯。半路上，女兒問我今天請王阿姨是因為她從很遠的地方回來嗎？我說：

「不是，是大學畢業後，我和王阿姨一起在系裡擔任助教，當時我談戀愛失敗，人緣也很差，心裡很焦慮。王阿姨曾偷偷在我辦公桌的玻璃墊下塞了一張卡片，卡片上寫著『我不知道怎樣來形容我有多麼喜歡你。』幾個字，讓我知道我是有人愛的，給了我好大的鼓舞，我一直到現在都好感謝她。」

見了面，我們大人聊天，女兒下樓去文具部，一會兒，忽然拿了個包裝好的禮物上來，站在王阿姨前面，說禮物是要送她的。我那位朋友好慚愧，說：

「我從英國回來都忘了帶禮物給你，怎好意思收你的禮物。」

女兒天真地回說：

「我送你禮物不是因為你從遙遠的英國回來，我送禮物是謝謝你當年那麼照顧我媽媽。」

憑良心說，我聽了這話，頭皮一陣發麻，滿震驚的。女兒的這番話其實具有雙重意義，一來是向我示愛，告訴我，她有多愛我；一方面代替我告訴我那位朋友，我有多感謝她。這個示愛的舉動讓我們兩個大人瞬間都眼眶發熱，幾年來，因此成為最要好的朋友。這個愛的宣言，就好像天籟一樣，讓我明白將愛說出來有多麼重要。

因為女兒勤於示愛的啟發，我也開始有了轉變。父親過世那年，母親心情抑鬱，寡言少語。為了解除她的寂寞，我們接她北上和我們同住。母親一向手腳伶俐，在那一段時日裡，她總是搶著幫我做飯，我當時除教書外，還得去上博士班的課程，有了母親的幫忙，的確讓我少操了不少的心，不論是工作上或精神上都受益良多。

一日，我在中正理工學院教完早上四節的課，又趕著下午兩點去東吳當學生。在驅車回家的途中，我想到這些日子來，每次急慌慌踏進家門，母親總會及時端出熱騰騰的新鮮飯菜，相較於以往的潦草的微波餐，有母親在的日子，實在是太幸福了。而我儘管早就有這樣的感覺，為什麼從來未曾向母親表達內心的感受呢？我不是常常因為女兒的甜言蜜語而覺得精神百倍嗎？難道我的母親就不想聽她女兒的感謝嗎？我是不是應該學學女兒，勇敢地向母親示愛呢？

車程滿長的，我有足夠的時間來培養勇氣。在我的生命歷程中，從來沒有向長輩示愛的紀錄，開口說這樣的話的確需要時間來培養。我決定一進門就啟齒，然而，當房門一打開，母親綻開笑靨，朝我說：

「回來啦！食飯囉！……」

我突然一陣害羞，因之錯失了最好的時機。我教書十餘年，演講無數次，從來沒有一次像這次這般艱難。我覺得有些懊惱，決定再接再厲，我安慰自己：

「沒關係，第一次總是最難的，跨過了這一關，以後就簡單了。」

吃飯時，我一直在伺機行動，以至於顯得有些心不在焉，幾次答非所問。飯吃完了，我還是沒說，心裡好著急，再不把握機會，這句話恐怕就只好永遠藏在心裡了。碗一放，我低頭看著碗，勇敢地說：

「媽！我覺得自己好幸福！四十幾歲的人，中午還有媽媽做了熱騰騰的飯菜等我回來吃。」

我頭都不敢抬地很快說完這話，也不敢去看母親的表情，便急急地奔進書房裡，取了下午要帶的書，倉卒奪門而去，心情比當年參加大專聯考還緊張。那天傍晚從學校回來，母親已在廚房忙著，我悄悄打開門進屋時，發現自從父親過世後就不曾再開口唱歌的母親，居然又恢復了以前的習慣，在廚房裡邊打點著飯菜，邊唱著歌。我看了後，眼眶濡濕，為自己完成了前所未有的示愛而驕傲，內心彭湃著無與倫比的快慰。

其後，有一天從講演會場出來，走在建國南路的紅磚路上。一位年約五十的男子，從身後追趕過來，靦腆地說道：

「我剛才聽了您的演講，覺得獲益很多……我的孩子今年念大一。去年聯考時，他故意把志願填得離家遠遠的外縣市。他告訴同學說，我一點也不了解他，所以，他決定走得越遠越好。」

「都是一樣的。孩子總希望趕緊脫離父母的管轄範圍，每家幾乎都是這樣的呀！」

我聯想起自己年少時期一心只想負笈他鄉的強烈意圖，趕忙安慰他。

「不！這些年來，我忙著在外頭打拚，只想到多賺一點錢，讓家人過得舒服些，確實疏忽了和孩子的溝通，難怪孩子不諒解。」

男子低下了頭，欲言又止，然後下定決心似地抬起頭說道：

「不好意思哦！請教教授一下，剛才您提到偶爾應該抱一抱孩子，我覺得很好；可是我的孩子已經念大一了，現在來做，會不會太晚？……我可不可以在他從台中放假回來時擁抱一下他？他現在念中部的中興大學。」

我當下肅然。端詳眼前這張用心良苦的臉孔，虛心、誠懇、困惑又焦急，有一剎那，我竟有欲淚的感覺。

這是一場專為勞工朋友舉辦的親子講座。眼前這位男子想必是位勞工，終年為衣食奔波，一日突然驚覺親情逐漸疏離，和孩子溝通的大門阻塞，束手無策之餘，犧牲難得的假日午休，急急往外尋求奧援，希望藉助他人的經驗來抒解困境，這分用心，教人動容。

我們就站在街頭交換著意見，我誠懇地肯定他愛孩子的心意，也建議他可能由小幅度的肢體接觸開始：如拉手、拍肩，比較不會嚇壞孩子；然後循序漸進，終有一天，擁抱會成為自然行為，親密關係的建立也就指日可待。那位憂心的男子，沉吟了片刻，突然孩子氣地接口道：

「要不然，……我可不可以照教授您說的，跟他表示我很愛他？」

看樣子，這位父親是下定決心，非做點改變是不甘心了。我不禁被他的堅定所感染，也跟著熱心地瞎出主意道：

「好欸！他下次回家時，你就拍拍他的肩膀，說：『平常嫌你煩，你不在家，倒真有些想你欸！』你看這樣好不好？」

男子露出靦腆的笑容，謝了又謝地走了。我痴痴目送他上了一部頗有歷史的裕隆汽車離去，心中百感交集。原來面對棘手的親子關係，任是誰都要回復孩童般的天真吧。

而令人惆悵的是，那位就讀中興大學的大孩子知不知道父親對他的愛呢？

延伸思考

為了了解孩子的心，早過了在學校受教年齡的父母，正奔波在一場又一場的演講、座談中孜孜求知，尋求解套之道；而正在學堂中接受教育洗禮的學子，卻只為學測、指考而被迫鑽營餖飣字句的異同，人格養成教育則幾乎完全付諸闕如，結果教出了一票應付考試的競爭機器，一群尷尬彆扭的新新人類：小時候，不懂領受人間的善意，不知體貼父母的付出；長大後，成了一批「先做了爸爸媽媽，才開始學做爸爸媽媽」的父母，這時才心慌地徘徊轉進於人生的十字路口，這毋寧是現今教育最大的嘲諷吧！

多元解讀常能化險為夷

一位太太帶著兩個兒女出國旅行十餘天歸來，先生興沖沖帶著大兒子前去機場接機，一向節儉持家的太太卻為了五人坐不下一部計程車而頻頻埋怨先生的失算，完全無法領略先生一日三秋的思念之情，先生負氣地說：

「我們父子的思念，就不值一千元的車資麼！」

想來也是，這位太太錯失的其實不僅是先生的心意，也錯失了教導孩子體會情意的機會，甚至讓兒女誤以為只有用金錢才能丈量人生。

另有一位教授跟我提到她那讀大學的女兒，啼笑皆非地說：

「我女兒的同學到家裡來，跟我說：『王媽媽，以後誰能娶到王××，真是幸運！你知道嗎？我們合唱團的制服都是她燙的，去露營時，被子都是她搶著摺的，飯是她燒的……』我簡直笑死了，我當場就告訴他：『你去看看她的狗窩，你就知道誰要真娶到她有多倒楣了！』」

我聽了，心頭一驚！覺得好惋惜。這位媽媽這句貼標籤的頑笑話，可能將女兒更加死死釘在懶惰的狗窩裡；她若能順水推舟稱讚一番，或者以後都不必再為女兒的不肯做家事操心生氣也未可知哪。

兒子和一位學姊將代表系裡參加乒乓球雙打賽。前一晚，他整理工具衣物，除了自用毛巾外，又刻意挑了條新的毛巾帶著。他回答我疑惑的眼光說：

「我為學姊多帶一條，萬一她忘了帶，光我自己擦汗，多不好意思！」

憑良心說，我也和天下許多的母親一樣，第一個閃進腦海的念頭，就是想起自己的境遇真難以和那位幸福的學姊相媲美，差點兒就哀怨地回說：

「怎麼就沒看過你對媽媽這麼好！」

感謝天！我終於下了番動心忍性的功夫，硬生生吞下這句沒什麼營養的話，而代以有風度的微笑和嘉許。其後，我得知，那日學姊自己帶了手帕，兒子的毛巾並沒有派上用場。那位幸運的學姊也許不知道自己曾經被如此地嫉妒著，但是，我卻期待著，因為這一點點強忍下的口舌之快、一些些體貼的心意，能鼓勵孩子更加體恤人情，更樂於大幅度地拓展他的體貼之心。

幼年時的女兒好乖巧懂事。家裡的電話響了，不管身在何處，總是她飛奔去接；電鈴聲起，準是她急急去應門；外婆來了，她負責接待、灌迷湯；家人生病了，她像個管家婆般，嘮嘮叨叨，送藥倒水，侍奉得無微不至。無論她正做著什麼，只要一聽到有人清喉嚨的聲音，一杯茶水，立刻奉上。

煮好咖啡，發現牛奶沒了，喊：

「含文！去7-11買一瓶牛奶。」

黃昏時分，即將做飯，只說：

「啊！薑沒了，只好將就著，獅子頭就少一個味道吧！」

才放學回家的女兒，便立刻換上便服，騎上腳踏車，往生鮮超市奔去。坐在沙發上看電視，口渴了，懶得走動，只要吆喝一聲，女兒便邊端水，邊叨唸著：

「小懶豬哦！不起來運動運動，小心變胖哦！」

勤快的女兒寵壞了媽媽。媽媽我變得四體不勤，成天坐在書房裡、電腦桌前，東吆西喝，女兒如響斯應。良心發現時，對女兒半開玩笑半當真地恐嚇：

「我決定把你留在家裡，不讓出嫁，讓你做老姑婆！一輩子和爸媽相依為命！這麼乖的女兒！我捨不得呀！」

可怕的事終於發生！女兒比預期還要快的，決定離家，遠赴異域求學。事情決定之後，爸爸成天表情凝重，像個嘮叨婆般數落東、數落西：

「看你這樣！怎麼出去？完全沒個秩序！」

「連這個也不會，怎麼出去！我看，過不了幾天，你就要捲鋪蓋回來！」

我私底下說他：

「女兒眼看就要出遠門，你就少說她兩句吧！」

爸爸垮著一張臉，不作聲。幾天之後，爸爸在書桌上，找到一封短箋，細心的女兒寫著：

「我知道爸爸這幾天一直罵我，是因為捨不得我走，爸爸不要傷心，我還是會給你寫信、打電話呀！……」

爸爸看了紙條，啞然失笑。

延伸思考

感受被理解、被體貼了，萬事都好說。體貼是人際的潤滑劑，可能是化險為夷的關鍵，教育當自此處著手，而其間，耳提面命，又不如以身作則。讀《陶淵明全集》，對陶詩的自然沖澹、雅趣天成固然留下深刻的印象，而對他的淳厚多情、平易親切的人格則更為激賞。他送給兒子一位僕役時，殷殷叮囑：

「今遣此吏，助汝薪水之勞。此亦人子也，可善遇之。」

因疼惜子女而為他雇得僕役代勞，然僕役固然為侍候人者，但亦為其父母心頭的最愛，淵明先生將疼惜兒子之心推及他人之子，提醒兒子於使喚書僮之時，要心念及此。每每讀到此處，便為淵明先生的體恤好德而心熱眼濕，宜乎後人稱他不可及處「在真在厚」！家庭成員雖然是自家人，如果相處時能發揮多元解讀的能力，花些心思為對方著想，也會感受格外的溫暖。

示弱與欣然接受兒女的指教與安慰

二十年前的夏天，我面臨了人生的大抉擇，最後，狠心決定離開教了十九年書的學校，心意一定之後，不知為何，心情卻覺鬱卒到了極點！那幾日，輾轉反側，連做飯都懶得。一日，暗夜裡，我立在四樓窗口發呆，發現晚歸的兒子正徐徐開車進巷裡，我慌慌趕下樓，對著正倒車停駐的兒子說：

「心情很糟哩！怎麼辦？睡不著哪！」

兒子貼心地把好不容易才停好的車子又開出，說：

「上來吧！我帶你繞幾圈，聊聊！」

車子在只剩一些些燈光點綴下的台北街頭轉來繞去，兒子像個成熟的大人般，沉靜地傾聽著我的心情，偶爾，同情地點點頭、或者適時地給我一些意見。車子又回到巷裡時，我沮喪的情緒，似乎改善了些。那夜，我意外地不再失眠。

次日，記得是個週休二日的星期六。傍晚，一反常態的，兒子沒有到師大去打球。他若無其事地提議：

「我們去木柵貓空看星星！怎麼樣？」

全家都覺不可思議，這樣一位平日連月亮和太陽都懶得抬頭看一眼的男子，怎麼突然詩情畫意地提議去看星星！

往木柵的道路，充滿或者吃土雞、或者看星星的人潮。兒子以識途老馬的姿態，邊開車，邊為我們介紹貓空的種種：屬於老人的茶園、中年人的山路、壯年人的豪情及年輕人聚會的空間……不時地，在路邊停下車，指引我們下車瀏覽青山綠水。那日，星光璀璨，我們除了如願看到星星，也同時在茶園圍繞的餐館裡吃了又油又香的木柵土雞，並在山上的小木屋喝了摻了美酒的皇家咖啡。

回家的途中，我的心情空前地亢奮。女兒絲毫不受剛喝下的咖啡影響，在前座睏著了；微風中，兒子信心滿滿地手握方向盤，熟練地穿過竹林、繞過廟宇，在崎嶇的山路中，其實有點迷路，但他拍著胸脯跟我們保證：「我是這裡的地頭蛇，不用擔心，我會帶你們順利回家的。」不知是否那杯添了酒的咖啡作祟，我和他爸爸竟然都有微醺的感覺。

窗外，繁星點點，夜涼如水。我突然想起十九年前那個聽說也是繁星點綴的深夜，那位大聲啼哭著前來的男娃兒。如今，他微皺的皮膚已變得光滑，蜷曲的肢體已抽長成一百八十餘公分，顛躓的腳步逐漸踩得平穩，只會啼哭和狡辯的雙唇開始學會吐出體貼溫柔的言語。想到這兒，真是百感交集！在驕傲之餘，不禁也同時萌生幾分的惆悵。

啊！往後的歲月，我們或者不能再教導他一些什麼了，我們也許只消像今夜般，靜靜地坐在後座，讓他帶領我們去看星星，然後，穿過山、繞過河，領我們回家！我低聲跟外子耳語說：

「也許有那麼一天，我會迷失在某個街頭，他會在警察的通知下，趕到那個狂亂的街頭，然後溫柔地低頭牽起我的手，朝我說：『媽！我們回家吧。』」有那樣的一天嗎？外子回：「誰也不敢保證不會有那樣的一天。」

延伸思考

愛是一門多麼高深的學問，是一門必須永續探求，無止無盡的課業；其中眉眉角角，一輩子說不清。稚子的童言童語，是母親最珍貴的記憶，常常在困頓灰心的生命轉彎處，涓涓流過疲憊的心靈，提供我最昂揚的潤滑劑，讓艱困變得容易、粗糙變得溫柔，與其說是我陪著孩子長大，毋寧說是孩子顛狂的腳步，練就了母親堅毅的生命熱力。兒女逐漸長大，最終總要展翅高飛。教養的成果固然是檢驗的依據，但教養過程中的陪伴、分享和回饋，可能才是親子關係中最美麗的回憶。

偶爾的小小出軌，常常讓人掛在腦海

我平生最瘋狂的紀錄是：有一年的愚人節黃昏，女兒從學校回來，洩氣地說：

「今天，一點都不好玩！所有老師都變得非常精明。哎呀！真討厭！去年，老師都被我們耍得團團轉的！今年真無趣。」

我抬頭看日曆：四月一日，愚人節。血液裡的惡作劇因子，陡然滾滾流動了起來。我興奮地說：

「不必絕望！我們還有最後一個機會，爸爸還沒回家哪！」

女兒黯淡的眼神，霎時晶亮了起來！兒子也回家了，聽說了我們的構想，馬上從奄奄一息的狀態轉變為鬥志昂揚！荀子的「性惡說」，在此得到充分的印證。

經過一番腦力激盪後，我們開始布置。玄關書櫃上的抽斗一一開啟，將裡面的東西全數翻出，並亂撒一通；客廳的櫃門也全部打開，餐桌上的桌巾拉扯成歪七扭八狀……總之，要讓進門的人，一眼就看出遭小偷的樣子。為了進一步造成驚悚效果，番茄醬也派上用場，一坨坨被足跡踐踏過的番茄醬從廚房、客廳、玄關一直迤邐到電梯，看起來像剛發生過命案似的。電梯出來的大門敞開，我奉命塗了一臉的番茄醬趴臥在一進門即可看見的玄關出口，兩個孩子則分別倒臥在廚房及臥房裡。一切準備就緒，就等男主人回來了。

偏是時間早過了，一向準時回家的外子卻久久沒有出現。番茄醬密布的臉開始發癢，我後悔一時失足，出了這麼個餿主意，打算反悔，正在興頭上的孩子哪裡肯依！好說歹說，迫我就範。就在議而未決之際，門鈴驀然響起，不由分說的，我們三人匆促各就各位。隔了半晌，外子見門鈴無人應聲，自行開門，電梯徐徐上升的聲音穿透我的腦際，我突然莫名其妙的心跳加快起來！電梯門打開的剎那，我的心臟差點兒跳了出來！這時，突然一聲石破天驚地喊叫：

「啊！哪會安捏！」

然後，我聽見007手提箱被甩到地上的聲音，外子狂奔過來，我被他淒厲的驚叫聲嚇得魂飛魄散！打算趕緊起身，免得他老人家心臟不堪負荷，可是，卻力不從心，雙腳軟趴趴的。外子悲痛地扳起我的臉孔，我只好投給他一臉詭異的笑容，虛弱地安慰他：

「騙你的啦！」

然後，心虛地指指裡面，賴皮說：

「都是他們強迫我的啦！」

孩子們嘟著嘴從裡間出來，一邊埋怨媽媽太早穿幫，一邊更正資訊說：

「哎呀！怎麼是我們呀？根本是媽媽出的主意呀！媽媽最會賴皮啦！……」

一向好脾氣的男人，整晚，鐵青著臉，不發一語；我們三人從此變成放羊的孩子。

但幾十年過去，我們從未忘記那個出軌的瘋狂黃昏，每次回顧，雖覺抱歉，卻都公認是闔家最難忘的經歷。

延伸思考

家庭中，有沒有另一種比較愉悅的相互對待方式，顛覆一下傳統；尤其是在家庭氣氛營造上具舉足輕重地位的父母，能不能跳脫傳統父權及母職神話，而擁有更大的自由空間？父母可以認真傾聽孩子的聲音；在疲累時，選擇任何一個孩子的粉嫩肩頭，稍事倚靠；可以在情緒低潮時，對孩子哭訴心事；可以在孩子頑皮時，和他們一起發瘋；可以在迷糊混亂時，對著家人耍賴瞎掰；也可以在興奮難抑時，不顧形象地仰天長「笑」。

我們的社會一再宣示給予父母親一個追尋自己及成長的空間與時間；但是，不容否認的，現代的父親許多還放不下背負重擔的捨我其誰的堅苦卓絕，做母親的也多半仍缺乏一種明朗、愉悅的特質，這其實是親子教育的一大絆腳石。因為，一味地犧牲奉獻、堅此百忍，必然讓父母的愛成為孩子無力承擔的壓力，只有講理幽默的父親與快樂且充滿機趣的母親，才可能教養出明朗活潑的孩子。有時候不妨不按牌理出牌，偶爾也可以走到軌道之外，調侃自己，自娛娛人！

常常看見孩子的好——黃昏的小籠包和一百九十六分

五點整，門鈴響起。在家裡附近上學的女兒，聲音急促地在電鈴那頭催促著開門，我如往常般和她開著玩笑：

「密碼！」「啊！來不及了啦！開門啦！」「密碼答不出來，顯然是老巫婆假扮我女兒，我才不上當，別想我給你開門。」「好啦！好啦！……美少女啦！」

上樓的女兒，閃過一絲詭異的笑容，說：

「給你看樣好東西！你餓了嗎？」「餓昏了！這時候怎麼不餓？」

女兒神祕兮兮地從書包裡取出一個冒煙的小紙包，打開來，哇！居然是兩個小籠包！

「已經有好些天了，回家的路上，看見很多人都在排隊買它；今天，我下課得早，經過時，居然還沒開始排隊，我看機不可失，趕緊買兩個回來，我們一起吃！」

女兒絮絮叨叨地說明著。我接過小籠包子，母女倆一小口、一小口地吃著，細細品嚐它的滋味，裡頭有女兒的孝心，吃起來味道特別好。

其後幾天，每次放學，她總是飛快收拾書包，搶先跑出校門，去買兩個小籠包子。有幾次，我很想提醒她：路邊攤的東西衛生嗎？可總說不出口。有一回，我從小籠包裡拉出了一小塊尚未蒸熟的豬肉，趁著女兒不注意，將它丟到垃圾桶裡。儘管如此，我還是捨不得讓女兒知道。因為，我是如此珍視每日黃昏時分，和女兒一起吃小籠包的溫暖感覺。兩個人，邊談著學校發生的事，邊享受著女兒體貼的心意，人生還有什麼比這更幸福的事呀！

一天，女兒突然跟我說：

「媽！將來，我如果有女兒，我一定要告訴她：上高中的時候，我每天黃昏都跟我的媽媽一起吃小籠包欸！到時候，不知道我的女兒會不會也請我吃小籠包？」

啊！將來！將來當我老到不能動彈的時候，當女兒和我的外孫女正談著這些事的當兒，她可能再不能像現在般和我成天膩在一塊兒。也許，她遠在天涯海角，那時候，溫暖的記憶或者將成為我撐持黃昏歲月的動力亦未可知吧！我如是揣想著，覺得自己何其幸運擁有這樣的女兒。

大兒子上小學的第一次考試，得了一百九十六分，外子和我欣喜若狂，只差沒登報周知諸親友，想到一個渾不知事的傻小子，從學校學了這麼多的成績回來，簡直對老師無限感佩。下得樓來，見兒子的一位同班同學，低頭在巷中玩踢格子遊戲，我笑問她考得如何？孩子低聲回說：

「很壞啦！被我媽打四下。」

我無限同情地追問：

「怎麼了？都不會嗎？考得多壞？」

孩子依舊低頭，沮喪得說：

「只考一百九十八分！我媽說：少一分，打兩下。」

我立在當地，差點哭起來。

延伸思考

這位媽媽居然只看到孩子失去的兩分，而沒有看到孩子得到的一百九十八分，真是可惜。人們常常去計較失去的東西，卻往往忽略了已經擁有的幸運。這樣的教養方式，有可能在成長過程中，逐漸演變成挑剔和不容易滿足。雙眸一逕凝視缺陷的結果，容易陷溺在沮喪中，對自己不滿意，對對方不斷求全。如果失戀了，就會像多年前用王水將情敵毀屍滅跡的清大女學生。眼中只有男友和情敵的背叛，看不到自己生命中另外的百分九十的資源，既無法看到爸媽的愛、手足的情，也無視於自己擁有的美好的前程……人生遂成為無底的黑洞。

欣賞「眾親平等」的童真

兒子兩歲時，他爹去美國進修，給他寄回一只手搖卡通機，片子放上，邊搖邊看，米老鼠、唐老鴨在裡頭玩兒。比他年紀大的表哥、表姊搶著看，邊看邊開心地笑。兒子不會操作，我站他前方幫他搖機器；他不會閉單眼，擠眉弄眼半天，一會兒兩眼全閉，一會兒睜大雙眼，也和大夥兒一樣，咯咯地笑。我問他：「看到了嗎？」他興奮地說：「看到了！看到了！」我問：「看到什麼？」

他幾乎高興得口齒不清地說：

「我看到媽媽了！我看到媽媽了！……」

再大些，參加《民生報．兒童版》辦的活動。主持的孫晴峰阿姨問：「你們最崇拜的人是誰？」小朋友都義正辭嚴，國父、貝多芬、居禮夫人、蔣總統……紛紛出現，輪到兒子，他一本正經說：「我最崇拜的人是我外婆！」當被問到原因時，他說：「因為我外婆生我媽媽，我媽媽才能生我呀！所以，外婆最偉大！」主持人促狹地繼續問：「那你祖母呢？難道她就比你外婆不偉大嗎？」兒子露出天真的笑容，輕鬆地回答：

「當然啦！我祖母生我爸爸，我爸爸又不會生我！」

孩子上幼稚園時，有一次，我們下樓到巷口小店吃早餐，接連幾天，都看見一位身材矮小的侏儒也在那兒。我很怕小孩子不曉事，有什麼不禮貌的舉止出現，所以，一直在內心盤算如何對孩子施予正確的對待之道。孩子卻沒當一回事，吃喝照舊，沒對他多加注目。第五天，兒子終於沉不住氣了，朝我說：「媽！你看那個人！你看……」我急了，低聲呵斥他：「不可以這麼沒禮貌！他雖然身體有一點畸型，但是……」我正想將幾天來構思的教訓的話一股腦倒出，兒子卻仍固執地抓回話題：「你看！他很差勁哦！他把……」我更急了，厲聲責備他：「你怎麼可以這樣沒禮貌！對身體有障礙的人，應該更加疼惜才是，怎麼……」兒子睜著一雙納悶的眼，無辜地說：「我又沒有怎樣，我是說，他好差勁！他每天吃饅頭都剝了一盤子皮扔掉，好浪費，這樣才是不禮貌。老闆會傷心哪，會以為他做的饅頭不好吃欸。」

我不禁鬆了口氣，笑將起來，真正的「眾親平等」原來在兒童的身上，大人都太緊張了。

延伸思考

童心最真純可愛，尚未經過世俗的習染，一舉手、一投足，都讓人打從心眼兒裡愛憐起來。晚明文人袁宏道在《敘陳正甫會心集》裡談到「趣」字時，就說童子是「趣之正等正覺最上乘也」，因為「當其為童子也，不知有趣，然無往而非趣也。面無端容目無定睛，口喃喃而欲語，足跳躍而不定，人生之至樂，真無踰於此時者。《孟子》所謂不失赤子，《老子》所謂能（如）嬰兒，蓋指此也。」這段文字拈出了一個重點，就是一般人之所以覺得兒童有趣，是因孩子的「自然」，沒有社會化，心中無等差。

第三部 隔代教養

前言

以旁觀的角度欣賞與玩味

時代真的很不一樣了。老人總是心下惘惘然，空自積累了一身養育的武藝，卻頓成空虛。拜網路無遠弗屆之賜，今之父母養兒育女已不靠傳承，他們慣於向雲端取經，吃什麼？用什麼？發燒怎麼辦？過敏又如何？父母或祖父母等前輩的經驗已不再有用武之地，她們在育兒網裡相濡以沫，搜尋最年輕、最前衛的資訊。

傳統開始崩解，祖父母的經驗優勢既然盡成灰燼，當然也無法再享受相對的尊榮。一回，我看到孫女可愛有禮，不免感激地對媳婦嘉勉一番：「謝謝你把孫女教養得那麼好。」

媳婦隨口回說：「媽！您怎麼這樣講，她是我的女兒欸。」

我錯愕之餘，不禁開始細細思考「謝謝你把孫女教養得那麼好」這句話的眉角。明明孫女是媳婦所生養，為什麼我要越俎代庖去謝謝她？雖然，我也可以辯解：「我在孫女身上擁有的血液股份確實較你為少，但股東大會上，小股東也可以向賺錢的大股東獻花，我這是獻花給你啊。」但感謝的話裡分明暗藏封建時代的餘習，全然是《紅樓夢》裡賈母高握權柄的一家之主的「氣口」，是我一向引以為戒的威權心態，卻在不經意間流露出來。從那之後，我就不再這樣說話了，儘管那確實是打從心裡的感謝心意。

但凡當上阿公、阿嬤，大多已開始走在秋天的路上，對子女的愛卻毫無疑義地依然如夏日之豔，如春風拂面般及於媳婦及孫女。從兒女出生後，所有做父母的應該都曾相互砥礪，要盡己之力，給孩子過最美好幸福的生活，讓他們長大後能心無旁騖地追求生命中的繁花盛景；在兒子媳婦開始展開他們護佑兒女行動的當兒，我以為祖父母必得提醒自己徹底退位，旁居輔佐，無論孫女的命名、穿著、飲食、教育……都不再攬事居功。老人家只需退而負責娛樂、分享，在孫女的父母尋求奧援時，才被動伸出援手。當然，得到充分自主的下一代，也得自我擔承獨立自主後的責任。

我有幸在七年前榮膺阿嬤的頭銜，先後出生的兩個小孫女，讓我逐步見識了生命的奧義，成長的驚奇，那是與三十餘年前擔任母親時迥異的經驗。當時，年富力強，銳意向前，雖也兢兢業業養育兒女，但腳步匆促、心情焦慮，眼睛無暇仰視藍天；如今，當了阿嬤，開始有了餘裕，無論是時間或心情，較能以一種旁觀的角度欣賞、玩味，並加以歸納分析。在陪著孫女吃喝玩樂之餘，也稍稍掌握了隔代教養的眉角，發現祖父母可做的事好多、又好有意義。

第七章

抓住隔代教養的眉角

以身作則之必要——本尊與分身

外子常常走到哪裡、畫到哪裡。日前，大人在咖啡廳裡喝咖啡聊天，發現六歲小孫女海蒂就著昏黃的燈光，也很自然地拿出背包裡的筆記本和畫筆，就在現場寫生起來。她畫的是桌上擺設的小花瓶，讓阿公阿嬤跟姑姑大表驚豔。小孫女諾諾不甘示弱，也自創品牌，不寫生，憑想像，畫了一個馬鈴薯和一條銀河。學習其實就是耳目浸染，不必刻意要求。我很高興外子做了好榜樣。其後她們外出時，也都學阿公，在背包裡裝進畫筆跟簿子，隨時取出速寫一番。

住在阿嬤家時，睡前，孫女海蒂會自己去刷牙，阿嬤跟她一起刷牙，檢查她有無缺漏；她也一樣要檢查阿嬤的，拿起阿嬤的牙刷，叫阿嬤張開口，她頭偏來偏去，然後說：「你的牙齒細菌太多了，你以前都沒仔細刷喲？」接著，非常用心地幫阿嬤補強。那種刷牙的正確方式，阿嬤簡直自嘆不如。常常，阿嬤幫她洗澡完畢，她也要求要幫阿嬤洗澡。

同樣的，從小扎根的民主教養，要扎根深入有效，也一定得從自身做起，以身作則。譬如，信守承諾，不能跳票。就以小孫女的教養為例，我從小孫女父母的教養方式上也有所領會。譬如：小孫女的爸媽前來托嬰，向來跟兩位小娃兒交代明白行蹤。起始孩子可能會啼哭不止，但後來發現爸媽並沒有因為啼聲不止而妥協，也從未趁隙偷偷溜掉，孩子因此覺得父母之言是可靠的，有了安全感。當他們出門辦事時，阿公阿嬤一定領著孫女站到門口跟爸媽說再見，看著他們進電梯並目送電梯徐徐下樓，一逕無異辭。因為大人沒有模糊或取巧空間，先信守承諾，小孩從此養成講理習慣，不會胡亂耍賴。

身為阿公、阿嬤的我們，肅然起敬之餘，也跟著重然諾；承諾過的事，就算孫女忘記了或不再提起，也一定設法履踐。同樣的，因為大人的信用額度高，小孩童也有樣學樣，譬如：看到玩具店雖眼睛發亮地飛奔前去，但除非行前約定好的，否則，她從不隨便要求；店員問她要買什麼，她總說：「家裡已經有了。」不會任性耍賴。跟她玩遊戲，我督責她，要換另一種新遊戲前，得將先前玩的玩具收拾乾淨。小孫女要求：「阿嬤一起收。」我說：「自己的玩具自己收。」小孫女據理力爭：「阿嬤也有玩。」因為言之成理——陪玩也是玩，只好遵命行事，不敢要特權。

又譬如，大人講話時，孫女海蒂一旁忙著告狀、插嘴；她爸拔把她叫到跟前，鄭重地說：「海蒂，我們去買東西的時候是不是要排隊？去吃飯的時候也要排隊？」海蒂點頭。「講話也是一樣，也要排隊，要等前面的人講完了，才輪到你講。知道嗎？」「知道了！」海蒂乖順地回答。

過了幾天，海蒂跟阿公、阿嬤報告逛市場的經歷：「今天姑姑帶我去市場買髮夾，還坐了小火車……」阿嬤插嘴建議她：「姑姑對你這麼好，你有沒有謝謝她？」海蒂沒回答，逕自接續下去：「後來還坐了摩托車，小豬的電動車……」阿嬤沒死心：「你有沒有聽到阿嬤在問你『你有沒有謝謝姑姑』？」海蒂忽然朝阿嬤大聲說：「請你先聽我把話講完好嗎？講話是要排隊的。」阿嬤吃了一驚，趕緊說：「對不起！那你請先說完。」「三人行，必有我師焉。」當天阿嬤又學了一課，即使是跟小朋友說話，也是要遵守秩序排隊的。講話排隊無形中變成家規，無論老少，一體適用。偶爾，小孫女正跟阿嬤說話，爸拔不小心插嘴，也要欣然接受孫女的指正並致歉。

獨立學習之必要——及時放手，就能及早放心

因為孫女三歲前，爸爸媽媽分別辭職在家教養小孩，沒有職業的羈絆，有許多時間跟孩子耗，一點也不著急。讓孩子慢慢自己琢磨，自己挑選衣服穿，自己慢慢扣釦子、穿鞋子，以一種慢活的方式過日子，從容得不得了，絕不僭越去幫忙。

阿公或阿嬤要幫她們穿鞋或扣釦子，她們定推開伸過來的手，說：「我來！我自己來！」在飯廳內餵她們吃飯，她們必搶下碗筷，自己吃得像小雞啄食般四處噴射；大人在廚房內摘菜，她們也搶先爬上桌前，煞有介事地有樣學樣；有人要開電視機，她們定搶下遙控器，要求大人教她們如何使用。「我來！我來！」成為孫女海蒂和諾諾平日最常說的話。不管大人有多急，她們堅持「我自己！我來！我來！」小小年紀，上街前，自己背上皮包，自己穿長袖毛衣、坐上椅子穿長褲、扣成排難扣的釦子、扭來扭去

地將腳扭進鞋內自己穿鞋。阿嬤若選了一雙跟衣服搭配不協調的鞋穿，她會委婉說：「我建議你換那雙藍色的鞋子。」

兩位小孫女的爸拔可能也因為懶，所以凡事差遣小孩，幫這個忙，幫那個忙，從一早醒來煮咖啡開始，拿杯子、取咖啡、拿打火機……大人坐著發號施令。以此之故，小孩子什麼事都會做，他負責誇獎，小孩跑得比誰都快。而小朋友的學習與成長，以子夏的話來說最得其實：「日知其所亡，月無忘其所能，可謂好學也已矣。」我深信尊重及信任可以讓孩童的學習多了些溫度，也必增加厚度與質感，為人祖父母者或者可以常常放在心上。

因為勤於參與，她們成為好學不倦的人，不但事必躬親，而且成為家裡最勤快的小幫手。幫阿公拿放在客廳的手機過去臥房；幫阿嬤找到眼藥水送來書房；要出門吃晚餐了，看小姑姑還流連在電腦上，她直接幫小姑姑收拾背包往自己的肩上掛：「我來幫忙背。」阿嬤拉開紗門，海蒂已經把阿嬤的鞋子擺得端端正正，說：「阿嬤穿鞋。」海蒂才兩歲兩個多月，已經日行好幾善。三歲六個月時，阿嬤用好神拖拖地。海蒂問：「阿嬤好辛苦，我可以幫忙拖地嗎？」阿嬤說：「地，阿嬤來拖，阿嬤需要你們幫忙擦桌子，客廳的矮桌你跟妹妹來，高桌請小姑姑幫忙。」阿嬤細心教她們擦桌的方法，要按照順序，先擦一邊，循序漸進不要遺漏，再轉過來擦另一邊。阿嬤先示範，姊姊很快便上手，妹妹也跟風，阿嬤看她們很細心，口頭嘉勉一番，她們大樂。

她們求知慾強，大人也耐心教導並等待，不急著催促。直到如今，她們學到的功夫不計其數，是阿嬤廚房的小幫手。只要阿嬤說：「我做飯去。」她們立刻跟著起身問：「我們今天能做什麼？」不管撿菜、洗米或擦桌、布碗筷，她們無役不與，都難不倒她們。阿嬤帶姊妹去郵局寄掛號信，讓她們從遞件、付錢、取收據全權負責；到超市買菜，也是由她們拿錢去付帳、找錢、取發票，她們知道一個環節不能少；妹妹滿五歲時，學會自己洗澡，姊姊七歲前開始幫妹妹洗髮。沐浴洗髮完畢，人手一支吹風機，各自吹乾頭髮，不勞大人操心。所有的事都如此，她們顛覆大人和小孩的界線，認為你可以做的，她們也都行。

容忍失敗之必要——哪裡跌倒，就在哪裡站起來

約莫兩歲多時，海蒂為了幫阿嬤拿冰糖，奮力拉開一個小抽斗，因為抽斗沒建置卡

榫，小抽屜拉過頭，整個抽屜應聲跌落地上，裡頭的小東西全傾倒出來。海蒂以為自己闖下大禍，嚇得大哭。阿嬤邊安撫她的情緒，邊鼓勵她再來一次，重新學習如何正確拉開而不讓跌落地上。譬如：左手扶住櫃子，右手拉抽屜時不可用力過猛，要斟酌力道，只拉開一半即可……她在犯錯後得到正確指導，掌握要訣，當場反覆練習後，終於成功，破涕為笑。每一次的失敗，都因此累積出下次的成功。

孩子在摸索前進的過程中，面臨各項失敗是必然，打翻杯盤、弄壞機器、沒能估量形勢卻爭強好勝等等，對求知慾強的孩子而言，必然經常發生。所以，對孩子嘗試失敗的容忍是絕對的必要。責備失敗是無濟於事的，最需要的是指導她如何免除下次的失敗。海蒂吃點心時，幾次打翻湯品，打翻之後，眼眶立時紅了，辯解：「阿嬤把玉米濃湯放得太靠近我這裡，我就打翻了。」我說：「打翻玉米濃湯沒關係，但不只是阿嬤放濃湯的位置太靠近的問題，也是你不夠小心的緣故。這沒什麼好哭的，阿嬤小時候也常常打翻，下次我們都要更小心就好了。」

於是，我們約定下次再喝一次玉米濃湯，阿嬤發誓不再將玉米濃湯放得太靠近海蒂；海蒂也信誓旦旦，屆時會格外小心，應該不會再打翻。於是，會發現她一次比一次進步，越來越小心，失手的次數越來越少。幾年下來，發現求知慾與學習動機最容易被過度的責備所扼殺，相反的，耐心教導和適度讚美往往是最棒的啟蒙。

委婉導正之必要——姑息只會養奸，導正可以學習講理

終於進了幼兒園的海蒂，因為父母剛剛投入新工作，阿公阿嬤有比較多的機會去接送海蒂。阿公去了幾次，回來後老抱怨海蒂不合作，明明看到他出現，卻只往外瞧了一眼，並無任何配合行動。總要多次催促，才慢條斯理出來穿衣換鞋，真是急煞人也。

海蒂個性孤寒，這老毛病，阿嬤也嘗過幾回，真不是滋味。一回，阿嬤御駕親征，她又來這套，阿嬤等得火冒三丈。回程中，跟她溝通：「以前你爸拔跟你一樣上幼兒園時，每次阿嬤去接他下課，他總是像蝴蝶一樣飛出來，高興地朝他的媽媽——也就是我，高興地歡呼：『媽媽來接我了！老師再見。』可是，你卻不一樣，好像不高興看到我們，不但慢吞吞的，還擺出一張臭臉。你有什麼困難呢？」

她回說：「我不知道。」

阿嬤說：「好！以前你小小的，不知道沒關係；現在你已經是姊姊了，阿嬤已經跟

你說過了，希望你能改進。」

「怎樣改進？」她問阿嬤。

阿嬤說：「改進的方法就是看到來接你下課的人，不管是誰，都要趕緊出來，如果表情笑笑的當然更好，但不必勉強。」說完，還鄭重警告她：「如果仍舊站在原地不理人，那你就完蛋了，我們會回頭就走，把你留給老師，不帶你回家。」

海蒂聽了，平靜地回我：「我媽媽不會這樣的。」

我說：「你媽媽是我的媳婦，她會聽我的話的。」

靜默了半晌，她抬起頭說：「那老師怎麼辦？老師應該會帶我回家吧？」

我問：「你覺得老師會帶你回哪個家？」

「回我們家呀！」她理不直卻氣壯。

我說：「時間到了，老師也要下班去接她家的小朋友，她不會送你回家的。」我加碼演出：「下班時間到了，老師看沒有人領你回家，應該會把你先放進垃圾桶裡，第二天早上再來回收。」

她可能有些擔心，但仍嘴硬，說：「我們老師不會這樣做的，她很愛我的。」

我不敢再窮追猛打，話題就此打住。

從那次後，我去接了幾回，她都行動迅速地出來，穿衣換鞋，然後牽著我的手，跟老師說再見，不再板著臉孔。回家後，當著海蒂的面，我逢人就說：「海蒂長大了，懂事了。」海蒂總露出矜持的笑容。阿公去接她回來時，她也一反常態，一進門就像蝴蝶一樣飛進廚房，歡快地朝正做菜的阿嬤說：「阿嬤！我回來了。」然後，撲進我的大腿間埋著頭，我蹲下身子，親了她一下，眼淚差點掉下來。

阿嬤再三嘉獎。一遍又一遍地說：「阿嬤今天在外頭跑了三個地方，忙著工作，累得半死，海蒂像蝴蝶一樣飛進廚房跟阿嬤打招呼，阿嬤一天的辛勞全忘得光光的，海蒂今天真的太棒了。」

一日，阿嬤跟著阿公一起去接孫女。去得稍早，兩人在托兒所門外靜靜等候。時間到了，家長都來了，小朋友像蝴蝶般翩躚飛到玄關。許多家長忙著衝過去整頓她們孩子的儀容。

我們遠遠看著穿著紅衣的海蒂跟我們微微笑著，很穩重地自己背上背包，踮起腳尖設法取下掛在稍高處的衣架；把扣好釦子的外套攞在桌上，先一粒一粒解開釦子，從衣架上剝離，再小心摺好捲起。接著，取下櫃子上的鞋子，將兩腳先後穿進鞋裡，扭啊扭地扭進去。然後，趨近我們，將外套放進我的包包內。轉身跟兩位老師分別說再見！

再牽起阿嬤和阿公的手，我們靜靜地在外頭等著、看著。是如此獨立自主的孩子，優雅安靜，惹人憐愛。

勸說技巧之必要——退一步之後的進兩步

因為跟父母相聚的時間被學校跟父母經營的餐廳所剝奪，三歲多的海蒂黏媽媽黏得好緊。白日還好，到了晚上，無論爸媽多晚回來，由阿公從學校接回來吃晚餐的她，堅持一定要等爸媽來接她回去睡覺。

一日，海蒂的爸媽為了公事耽擱了，打電話回來請求讓海蒂在阿公家睡下。阿嬤說：「只要海蒂答應，我們是沒問題的。」

電話到了海蒂手中，她表情凝肅，聽了許久，最後還是說：「沒關係，我要等你們來接我。」態度很堅定，看來沒什麼好商量的，意思就是：再晚也要回去睡覺。

關於留宿阿公家的議題，我們曾經跟她說了又說。擔心她太晚睡，甚至睡太少，動之以情，誘之以利，都無法撼動她的決心。放下電話後，她只跟阿嬤輕描淡寫：「爸拔媽麻要晚點才來接我，我還是回家睡覺。」阿嬤也無可奈何。

幸而問題終於解決。爸拔打電話來說快來了，阿嬤督責海蒂收拾背包、玩具，看她穿衣穿襪。在門口穿鞋時，阿嬤蹲下身子幫忙，輕聲跟她說：「有關於留在阿公家裡睡覺的問題，我們已經討論了很多次了。阿嬤尊重你的決定。從今以後，我不再勸你，阿嬤期待有一天你會主動提出要留下來跟阿嬤一起睡，我會高興得跳起來。這證明你已經長大，知道爸拔媽麻的辛勞，還有阿公阿嬤愛你，捨不得你太晚睡覺的用心。……你覺得會有那樣的一天嗎？」

海蒂穿好了鞋，抬起臉靜靜地聽。阿嬤不知道三歲六個月的孩子聽得懂這番話嗎？只見海蒂的眼眶泛紅，主動抱了阿嬤一下，並親了蹲著的阿嬤的臉頰，然後轉身進電梯。雖然不發一語，阿嬤卻怎麼感覺她似乎說了千言萬語。

過了約莫兩個星期，海蒂突然主動問阿嬤：「今天我可以留在阿嬤家睡嗎？」阿嬤高興得歡呼起來，海蒂靦腆地笑了。

另外，姪兒的小女兒琛琛與小孫女諾諾同年，都四歲多時。曾玩著、玩著，有了糾紛，跑來告狀。說是諾諾玩琛琛的玩具，琛琛後來加入，諾諾居然反客為主，要琛琛說出通關密碼，否則不許玩，主人不服，具狀來告。

那夜的糾紛還不只這些。因為兩個小朋友交惡，引發六歲姊姊海蒂左右為難。客從主便，海蒂後來選擇跟隨擁有玩具主權的琛琛，置妹妹諾諾於不顧。阿嬤不慣在人前罵孩子，勸了一回，無效；雖然心疼，也不勉強，就任由小孩自己去處理。諾諾倔強不服輸，見被孤立，選擇自己玩拼圖。

諾諾和琛琛打小比高下，諾老因為自己身長較高，不服氣當妹妹。今天一量，諾仍在身高上小勝。回家的路上，諾忽然跟阿嬤說：「琛琛假裝是姊姊，其實她是妹妹……假裝的，我才是姊姊。」

阿嬤說：「琛琛確實是姊姊。」

諾不服，說：「根本我就比她高。」

阿嬤說明，姊妹排行不是用高矮決定，是看誰先生出來。「先生出來的就是姊姊。」

諾咄咄逼問：「我四月生，那琛琛呢？」

阿嬤說：「琛是三月，比你早一個月。」諾黯然不語。

阿嬤終於有些明白了。問諾諾：「是因為不想當妹妹，所以才要琛琛說通關密語，給她難題嗎？」諾諾點頭。

阿嬤續問：「那通關密語是什麼？你曾經告訴琹琹嗎？」

姊姊搶答：「根本沒有什麼通關密語。」

阿嬤朝諾諾說：「那你自己都沒設通關密語，要琹琹怎麼回答？」諾諾緊抿著唇，

阿嬤說：「琹琹是小姊姊，你是大妹妹。姊姊跟妹妹都要相親相愛才對啊！」諾諾把頭低下。

阿嬤委婉勸說：「琹琹是姊姊，她長得比你個子小，已經很難過了，還要被你取消當姊姊，你覺得她會不會很委屈？」

諾諾這才回答：「那我下次見面叫她姊姊，她就不難過了吧？」

阿嬤回頭問姊姊海蒂：「今天為什麼連你也不跟諾諾玩，諾諾是你妹妹，你不但沒保護她，還跟琹琹聯合起來孤立她，這樣對嗎？」

海蒂辯說：「是琹琹不跟她玩的，玩具是琹琹的，又不是我的。」

阿嬤問：「如果換成諾諾和琹琹說好不跟你玩，你傷不傷心？」姊姊低頭不語。阿嬤說：「你還記得你第一次去上幼兒園時，有同學聯合起來不跟你玩的事嗎？你說當時只能眼巴巴望著紗窗外那條通往家裡的馬路傷心。妹妹今晚的心情不就跟當時的你一樣！」

姊姊一聽，想是回憶起往事，充分明白妹妹的心情了。但她也回將阿嬤一軍：「可是，那時，我希望老師能出面叫同學跟我玩，阿嬤不是告訴我：老師不能強迫同學一定要跟誰玩！我也一樣不能強迫琭琭跟妹妹玩啊。」

阿嬤說：「當然不能強迫別人，但你可以說：『大家一起玩吧！如果你不跟諾諾玩，我也不想玩。』做姊姊的要講道義，不要一看到新鮮的玩具，就不顧妹妹了。」

姊姊終於點頭稱是。這一局，阿嬤遊說成功。

凡事試試之必要——不試一試，怎麼知道會不會

陽光柔和，秋風徐徐，阿公、阿嬤帶著二姝出門逛逛。半路上，阿嬤帶著姊姊過街去買冷熱點心各一碗。妹妹跟阿公坐在轉彎處的木椅上歇息等著。回程時，姊姊堅持幫阿嬤提一碗涼的，阿嬤自己提熱的。過街和阿公、妹妹會合，再循長長小路回家。

小路上，妹妹爭取也要幫忙提一碗。阿嬤手上的熱騰騰，商請姊姊讓出手上的冷豆花。姊姊不肯，妹妹大哭。阿公、阿嬤一再遊說，妹妹成功從姊姊手中取到一袋；輪到

姊姊眼眶紅了，賭氣站在原地生氣。

阿嬤讓阿公帶著妹妹先走，苦口婆心向姊姊動之以情，說之以「分享」的道理，都沒用；阿嬤氣得作勢要先走，姊姊傷心哭了。阿嬤說：「因為你長大了，所以阿嬤帶你去買豆花，讓你選最愛的芋圓，請問妹妹有沒有得選？」

「沒有。」

「從店裡到小路，豆花原本是誰提的？妹妹提過沒？」

「沒有。」

說到這兒，她肯往前走了。阿嬤一路繼續說：「妹妹剛剛跟阿嬤去洗頭，洗髮店的阿姨送她一包餅乾。我想打開給她吃，她捨不得，說是要拿回家跟姊姊分享。她那麼愛你，現在只是要求你把豆花讓她提一段路你都不肯，你覺得這樣對嗎？」

「她又不會提！」姊姊委屈地反駁。

「她又還沒提過，你怎麼知道她會不會提？」阿嬤曉以大義。

她往前看，看到阿公跟妹妹的背影，找到證據似地說：「你看！你看！妹妹根本就不會提，豆花現在又換阿公提了。我就知道她沒有『能力』嘛。」

「就算你現在證明了她沒能力，她沒提過之前自己都不知道，一定要提過以後才曉得呀，所以，才需要讓她試一試提提看啊。」

姊姊低頭不語，我們默默走著。一會兒，她抬頭問：「那回去之後，我能試一試吃她的餅乾嗎？看看好不好吃。」

次日午後，兩個小孫女在客廳裡吃蘿蔔絲餅，阿公到後陽台收衣服。阿嬤持續在書房電腦上跟學生筆談。正談得開心，客廳裡的兩個小孫女囉哩囉嗦喊：「阿嬤，幫我們倒牛奶好嗎？」阿嬤咿咿啊啊亂敷衍，雙手繼續敲鍵盤。

幾分鐘後，阿嬤彷彿聽到有人嘆了口氣說：「阿公叫我們有事請阿嬤幫忙，阿嬤根本就不聽，有什麼辦法？」聲音絕望。阿嬤顧不得筆談，衝出客廳問剛剛是誰說阿嬤都不聽的？姊姊指著妹妹說：「諾說的。」妹妹很大器，踞坐著，嘴角都是蘿蔔絲餅屑，重複說：「叫阿嬤沒有用的。」阿嬤說：「誰說沒用，我這就去。」

阿嬤端了兩杯牛奶出來。姊姊接過去一杯，另一杯阿嬤遞給妹妹。妹妹露出錯愕的表情，指著桌上的杯子說：「我已經有啦！剛剛阿公幫我倒了。」阿嬤問：「那你哇哇叫什麼？」妹妹笑笑沒說話，把桌上的杯子拿起來喝，遮住了整張臉。喝完，接著說：「我只是試一試，看叫阿嬤有沒有用啦。」

小孫女以阿嬤之矛攻阿嬤之盾來了。

第八章

情緒問題怎麼處理？

歡樂的源頭在讚美

阿嬤幫孫女洗澡時，上了發條的米老鼠和唐老鴨奮力在浴盆內游泳。海蒂玩得不亦樂乎，還憐惜地用小毛巾幫鴨子和米老鼠洗臉，說它們太辛苦了。洗過了小玩偶，輪到阿嬤幫她洗臉。阿嬤百感交集，忍不住跟她說：「海蒂真的好幸福！有阿嬤幫你洗臉、跟你玩。阿嬤小時候都沒有阿嬤的阿嬤幫我洗臉。」講完，自己也覺得無聊；誰知海蒂竟然安靜了一會兒，然後擰乾水裡的一條小毛巾，伸到我的臉上，深情地說：「那讓海蒂幫阿嬤洗臉吧！」兩歲多的海蒂用幫忙擦臉跟阿嬤示愛來了，阿嬤感動到差點兒流了一缸子的淚。

曾經，海蒂在姑姑的協助下，挑戰一幅八十片的拼圖成功，阿嬤稱讚她聰明，有感而發：「你知道你剛生下來時，有多小嗎？」阿嬤把兩個手掌平舉，箍出一個橢圓形：「就這麼小，比一隻小老鼠大一些。阿嬤抱起你時，簡直不知道拿你怎麼辦，興奮得眼淚都差點掉下來了，沒想到你爸媽養著、養著，把你養成這麼大、這麼聰明。」

海蒂仰著頭看阿嬤，眼睛裡發光，問：「真的嗎？我都不記得了。」阿嬤說：「你都不記得了？那真的好可惜。當時，阿公抱著你，興奮得臉都發亮。阿嬤在臉書上PO出你的照片，臉友們一個讚、兩個讚、三個讚的……紛紛從電腦上傳過來，都稱讚你好可愛捏。」阿嬤還做出劈里啪啦按讚的聲音，模擬出一派歡欣鼓舞的情境。

海蒂的眼眶竟然發紅，眼睛裡一片汪洋。她問：「我小時候可愛嗎？我都不記得了。」阿嬤說：「這樣不行，你的記憶力太差了，阿嬤永遠都記得你當時的臉，超級無敵的古椎，真是人見人愛，跟現在一樣。」

阿嬤口說無憑，帶她到書房，打開電腦資料匣裡「小龍女」的專檔，一張張昔時的照片出現，海蒂驚呼連連。她驚訝地問：「這照片真的是我嗎？」

看完了照片，關上資料匣。阿嬤很鄭重地看著海蒂的眼睛，跟她說：「你是阿公阿嬤的第一個孫女，你要記住，自從我們有了你以後，感覺變成世界上最幸福的人。你不要常常跟妹妹爭寵，氣阿嬤偏心或哭哭……」話沒說完，她就從阿嬤的膝上溜下，跑了。

那日，海蒂被接回家後，在例行的電話溝通裡，爸拔向阿嬤報告：「我從來沒看過海蒂開心成這樣，從回家到現在，奔來跑去的，high得不得了！不知道今天發生了什麼事。」爸拔不知道海蒂為什麼興奮，阿嬤了然於心，孩子為著自己所受到的鍾愛而歡喜不迭哪！

說出開心，也說出不開心

一回，諾要求大家來玩開心及不開心的告白。她指定姊姊先說。姊姊也乖乖聽話，說：「最開心的是爸拔媽麻提早來接我們回家；不開心的是，早上起來發現被妹妹傳染了感冒，很不舒服。」姊姊的說詞很真實，不浮誇。

講完，輪到諾諾。諾諾說：「最開心的是今天一整天都跟阿公阿嬤一起長大；沒有不開心的事。」諾諾的說詞好甜蜜，阿公、阿嬤笑開懷。

接著，二姝望向阿嬤。深受啟發的阿嬤說：「今天最開心的是跟海蒂和諾諾一整天一起長大；不開心的是海蒂生病，阿嬤好難過。」阿嬤的學習能力很強。

後來，大人們帶著二姝去花蓮旅行。早上起床吃早餐時，姊姊說：「我們再來談談今天最開心的事是什麼吧！」諾諾馬上回：「今天又還沒到晚上。」阿嬤說：「還沒到晚上，也是可以說說起床到吃飯之間最開心的事啊！我先來。我最開心的事就是姊姊幫我打開旅館為我們準備的餐盒，拿來給阿嬤吃，讓阿嬤享受孫女的孝心。」諾諾受到啟發，也說：「我也是，最開心的是姊姊幫我拿來餐盒並且幫我打開。」

「姑姑呢？」大家看向姑姑。「今天最開心的是，一醒來，海蒂就從身後緊緊抱住我，還幫我搔癢。」姑姑說。

「姊姊呢？」大家轉頭看海蒂。海蒂又驕傲又害羞地說：「我最開心的就是幫你們做這些事。」大家都笑著拍手。

「阿公呢？」阿嬤問。

忙東忙西，收拾行李的阿公終於告一段落。坐下來嘆一口氣，說：「阿公從起床一直忙到現在，心還沒有開。」

姊姊聽了，立刻回說：「那我去幫你找開心的鑰匙。」說完，走到樓梯下方假裝找了一下，取了鑰匙往阿公的心窩扭了一下說：「開了。」

於是，阿公說：「今天最開心的是，姊姊幫我開心了。」

姊姊今早成為大贏家，她完美成功詮釋了：「助人為快樂之本」的奧義。

妒火中燒是必然，該如何處理？

隨著年齡的增長，海蒂和諾諾兩姊妹的互動逐漸產生變化。敏感的海蒂，已逐漸意識到「專寵」的態勢似乎危機重重，她的爸拔媽麻很努力地設法讓她的危機意識減到最低，阿公阿嬤也是。

那日，阿嬤在書房中寫文章，海蒂忽然憤怒地從客廳衝進來，像神經質的大人一樣用力大踏步，轉過來、轉過去，邊暴走邊嚷嚷：「我最討厭諾諾！最討厭她了！氣死我。」

阿嬤聞言大驚，問為什麼。海蒂生氣地回說：「每次都這樣，我做什麼，她就一直靠過來、靠過來！」沒料到海蒂可以如此直白、清晰且毫無遮掩地表達她的情緒。「妹妹向你靠過來，是因為喜歡你，你為什麼要生氣？」阿嬤試圖開解。「我就是不喜歡她這樣！」她露出苦惱的表情，卻說不出更進一步的原因。我揣測，可能是在客廳玩玩具時，被妹妹干擾了。

從諾諾開始會抓東西起，只要諾諾拿了什麼玩具，海蒂便去搶回來，說：「這是我的玩具，你不要拿。」爸拔、媽麻總很有耐性的說：「那麼，請你挑一樣玩具給妹妹玩吧！」她有時便去挑一樣最小、最不起眼的玩具給妹妹，有時乾脆諾諾抓到什麼，她便搶什麼！小器得不得了！

後來，爸拔有點沉不住氣了，跟她坦言：「對不起，玩具不是你一個人的，玩具是爸拔買的，是買給諾諾跟你一起玩的，妹妹也可以玩。」海蒂明顯不服氣，卻也只能訕訕然走開。

我發現海蒂開始感受到「分享」的痛苦與掙扎，雖然大人隨時都在注意她的心理調適，但畢竟由獨寵到跟妹妹分享是一門艱難的課題，儘管爸拔媽媽或其他大人的一言一行都很小心警覺，海蒂還是得經歷諸多痛苦與掙扎，花些功夫慢慢自行學習適應。

一晚，阿嬤送海蒂全家下樓，跟諾諾說再見後，回頭跟海蒂道別，她面露不豫之色，故意跟一旁的姑姑殷勤吻別，不理阿嬤，阿嬤碰了一鼻子灰。

次日再來，嬤孫二人玩得開心時，阿嬤問：「昨晚阿嬤不是跟你玩大野狼玩得很高興，為什麼回去時，不肯跟阿嬤說再見？」

她露出茫然的表情說：「不知道。」

我說：「那麼，我們來做選擇題，阿嬤說四個理由你來選：一是你想繼續玩，不想離開；二是阿嬤先跟諾諾講話、說再見，後來才跟你說再見，你不開心；三是太愛阿嬤，捨不得離開阿嬤；第四討厭阿嬤，不想跟阿嬤說再見。」

海蒂專注地聽著，再三斟酌後說：「阿嬤先跟諾諾講話、說再見，都沒有跟海蒂說話。」這小傢伙坦承吃醋了。回想當時抱著諾諾下樓、上車，在說再見前，的確抱著妹妹又親又多說了幾句話；回頭跟她說再見時，她的臉確實充滿了失落，阿嬤瞿然大驚。

仔細想來，小孩失去專寵的痛苦，和大人的失歡感受殊無二致。多關照「權益被侵害者」的失落，挪些時間給痛苦的靈魂安慰是必須的。不要急於說理，或指責她小器，因為那的確是讓人無法歡欣以對的人性常態。

一回，諾諾忽然問阿嬤：「你想姊姊現在在學校做什麼？」

阿嬤說：「應該是在學校睡午覺吧！」問時間，姑姑看了手機說是十二點四十分。阿嬤補充：「也許還沒睡覺，說不定跟我們一樣也還在吃午餐。」阿嬤問她是開始想姊姊嗎？她說沒有。

沒有為什麼問？「只是想知道她現在在做什麼？」阿嬤說：「這樣就是想姊姊啊！說不定姊姊也在問她的同學說：『不知道我妹妹現在在做什麼？』你覺得她會想你嗎？」

諾諾想了一下說：「應該會。」

阿嬤說：「那就對啦，姊姊想妹妹，妹妹想姊姊，很棒啊，想念就說出來，不用害羞的。」

黃昏，姊姊回來。阿嬤提起妹妹問起她在學校的事，順便問她：「那你在學校有想你妹妹嗎？」姊姊很直接說：「沒有。」妹妹低著頭畫畫，沒說話，顯得有些尷尬。阿嬤趕緊再問：「哇！妹妹很愛你，你去上學她好想你，原來你都不想她。」姊姊露出不好意思的表情說：「我今天在學校好忙，還去地下室做運動，都沒時間想妹妹。」「所以，你是愛妹妹的，只是沒時間想念？」我感覺妹妹畫畫的手停了一下，直到姊姊回說：「嗯，對。」妹妹才放心地繼續畫下去，緊張的情緒似乎隨著正面的答案消逝。

小孩子也有很細膩的心機哪，大人不要小覷了。

如何弭平失去專寵的焦慮？除了大人刻意空出時間，以實際的行動跟她示愛之外，在手足之間居中調解，讓兩人知道對方對她的愛或設法讓她釐清自己對對方的情感也會是有效的策略。

恐懼上學也是尋常，能怎麼辦？

海蒂上幼兒園的首日，藉口人多口雜，很快撤退回阿嬤家避難。次日，再接再厲，又以害羞恐懼為由，哭著由陪讀的媽媽原裝領回。晚上阿嬤跟她視訊，又勾手又蓋印的，她接受勸導，願意再試一試。結果，第三天早起，雲淡風輕，渺無音訊，阿公阿嬤以為終於OK了。哪知，竟然連門都不肯出，那日是星期五。

午後，兩姊妹又來。阿嬤假裝不在意，實際上不停用比興方式，藉事曉諭。動之以情、說之以理、誘之以利。阿嬤夜裡南下台中前，跟媽媽說：「下星期一應該沒問題了，我們白天已經勾手立誓，蓋了好幾次印章了。」媽媽說：「哎喲，昨晚不知跟我蓋幾千個章了，今天咧，還不是這樣。」

星期一清晨，阿公阿嬤從台中北上，一整個早上沒動靜，兩人都心情忐忑，忍住不敢問。結果姑姑沉不住氣，在Line上問結果，媽媽回：「結果是她嚎哭被老師抓住，然後我離開。十一點三十分打電話去學校問老師，說她冷靜許多。」緊接著又說：「目前處在迫不及待去接她放學的狀態。」

阿嬤趕緊吩咐：「此時關鍵，必須hold住。記住，別提早去接，如果四點下課，就四點去接。接回後，給獎品，並多跟她相處、說話，別讓她感覺妹妹爽過日子，自己損失慘重。」媽媽笑說：「妹妹確實爽過日子，現在正陪我喝下午茶。」一會兒，臉書上PO出妹妹一臉賊笑的樣子。

晚上，阿公阿嬤跟孫女視訊，海蒂對自己的堅強感到驕傲，說：「我已經冷靜下來。」阿嬤嘉許她，並且答應她：「明日若能持續，阿嬤會讓你去玩扭蛋。」

諾諾一旁問：「那我呢？」

阿嬤說：「你如果明天在阿嬤家肯乖乖睡午覺，午覺醒來，阿嬤會帶你去接姊姊，你也可以扭蛋一次，姊姊提升為扭蛋兩次。等你上學時，也可以扭兩次。」

那日，諾聽話睡了一個小時午覺，跟著阿公阿嬤去學校。老師說：「今天有進步，海蒂只哭一下下就結束。吃午餐、睡午覺、吃點心都很乖。」姊姊走出學校，跟阿公阿嬤和妹妹炫耀：「我冷靜多了。點心有芋頭包跟木瓜、黃色西瓜，芋頭包好甜、好好吃。我真的冷靜下來了。」

祖孫邊走、邊聊天。那日正好是中元節，商家門口，金爐裡黃澄澄的火焰在爐內吐舌，且直奔出爐外。海蒂忽然舉起手上媽媽為她求來、戴在手腕上的紅絲線，問阿嬤：「阿嬤，你要對著紅絲線跟死去的姨婆說說話嗎？」

阿嬤聽了，心裡一動，眼眶瞬間紅了起來，急忙說：「太好了，謝謝海蒂提醒，真是我的乖孫女，不枉姨婆疼你。」

海蒂把手舉高，阿嬤彎下身子對著小手上的紅絲線傳情：「姨婆，海蒂這次上學很乖咧，前幾天很害羞，今天的表現老師很稱讚，姨婆不用擔心了，諾諾也很乖捏，為了早點看到姊姊，有睡午覺哦。你在天上好嗎？我們都很想你哦。」說著，聲音都哽咽了。

走到十字路口，一陣風吹過來，紅燈亮起，還有許久才能過馬路。諾諾說：「我們來玩加油的遊戲吧！」她先伸出左手，阿公繼之伸出左手，接著姊姊、阿嬤，然後又是諾諾的右手，然後一隻一隻手接著疊上去，八隻手交疊著，大家都弓著身子一起喊：

「加油！加油！加油！」阿嬤的眼眶又紅了。

在外頭吃了麵後，搭計程車回家。海蒂從背包內取出兩張唇印，說一張是爸拔的，一張是媽媽的，上學的時候如果想媽媽，就拿媽媽的唇印出來貼貼臉，如果想爸拔就貼爸拔的唇印。姊姊說：「今天在學校忘了貼貼，現在補貼。」

海蒂之所以這麼懼怕上學，答案在上幼兒園後的某一天終於揭曉。那天，她說：「現在，我在學校交了好多朋友，老師也很愛我。」她忽然主動提起她曾經去上了接近一年的私立托兒園，半途中輟的原因：「我以前在學校很不開心，常常望著教室的紗窗外發呆。外頭那條路就是回家的路，從那裡走出去，很快就可以到家。」

阿嬤問：「為什麼不開心？」「因為都沒有朋友要跟我玩。」

阿嬤又問：「為什麼他們不跟你玩？你想過沒？」「我也不知道，我有去跟老師講，老師也不管，說是沒辦法。我不喜歡這樣的老師。」

阿嬤嚇了一跳，緩頰說：「老師應該也不知道怎麼做才好吧！」姊姊說：「很簡單啊，她只要罵她們，或叫她們要跟我玩就可以啦。」

阿嬤說：「這樣不好吧，被別人強迫去跟誰玩的感覺不好吧！就好像剛才妹妹跟你道歉，你若覺得她小，不懂事，願意原諒她，就接受道歉跟她玩；如果你還生氣，不想跟她玩了，阿嬤也不會強迫你一定要跟她玩。你如果被我強迫，會開開心心跟妹妹玩嗎？」姊姊低下頭沒說話，阿嬤問：「你有跟他們說你想跟他們玩嗎？」姊姊說：「我有跟我最喜歡的那個同學逸飛說，請她讓我跟他們一起玩，講了好幾次，她都說不行。」聽到這裡，阿嬤的眼淚簡直都要掉下來了。

這時，一旁的諾諾忽然跑到姊姊旁邊，拍著姊姊問：「那你有問過他們為什麼不跟你玩嗎？」姊姊沒直接回答，轉頭說：「所以，那時，我很不喜歡去上學。」阿嬤幾乎是肝腸寸斷了。現在想起來，她當時還不滿三歲，是不是太早上學了，心智還不夠成熟？

生氣的小孩該如何善後？

每個人都有情緒，生氣是抒發的管道之一，大人自己常生氣，卻經常責備小孩不能生氣、不能哭。說：「那麼小就那麼愛生氣！」生氣哪裡還分大小！

一回，阿嬤為履踐會賺錢回來的承諾，趕緊從包包裡取出一張主辦單位給的支票。

邊拿邊說：「給你們看看阿嬤賺的錢，等會兒要交給阿公的。」當阿嬤從信封中抽出支票的剎那，姊姊以迅雷不及掩耳的速度將支票搶過，說：「我幫阿嬤拿去給阿公。」然後，揚長而去。

妹妹沒料到這一招，錯失先機，覺得天地都瞬間崩塌了，大哭著說：「我也要幫阿嬤拿去給阿公啊，姊姊搶我的。」且立即悲憤地倒到地上痛哭。

阿嬤不得已，蹲跪下來，將印著紅字、寫著藍色姓名的信封套，舉到妹妹面前安慰她：「其實這才是重點，你看，上面寫著『廖玉蕙老師』，這個信封才重要。支票一定要有信封裝著才厲害，你可以幫阿嬤把信封拿給阿公嗎？」

妹妹起始半信半疑，但已忘了哭。接著，她看著信封說：「是啊，而且上面有印紅色的字，好漂亮！」她轉嗔為喜，奮勇爬起來，也跟著朝陽台方向飛奔過去。阿嬤蹲跪著，看到她短短的小腿跑啊、跑的，不知怎的，眼淚竟然流了下來，這個今之阿Q啊。

阿Q的精神，可以幫我們度過許多難受的關頭。一回，阿嬤見小孫女紅噴噴的臉頰，忍不住沒有徵詢便親了她。小傢伙很生氣，用手拚命抹掉頰上的吻；阿嬤也惱羞成怒了，憤而去書房打電腦。姑姑見狀，跟小姪女曉以大義：「阿嬤見你可愛，親了你，你卻生氣抹掉，害阿嬤好傷心。你要不要去跟她道歉？她是太愛你才親你的。」諾諾馬上解釋：「我不是不讓阿嬤親我，她不用傷心啊！我只是不喜歡她親我的臉頰，她可以親我的下巴。」

姑姑說：「那你願意去書房讓她親你的下巴嗎？」「好啊！」然後，我們用親下巴作為兩人都不生氣的折衷方案。幫生氣的人找台階下，不管大人或小孩都管用。

另一回，諾諾很有心機，開始跟阿公撒嬌，倚在阿公身上，爬到阿公的膝上，甜蜜地細數她的所有愛人——阿公、爸拔、媽媽、外婆、姑姑、舅舅、姊姊……遍數眾人少一個，就是阿嬤。

不只如此，她還故意用眼角瞥阿嬤，偷窺阿嬤的反應。阿嬤心知肚明，不動聲色。故意攬著六歲的姊姊海蒂，說：「沒關係！諾諾不愛阿嬤沒關係，我有姊姊就好了。……姊姊，我們一起來玩遊戲吧！」

海蒂興奮極了，忙問：「今天我們要玩什麼遊戲呢？」阿嬤說：「來玩搭郵輪的遊戲吧！」搭郵輪是目前旅遊新風尚，小朋友的遊戲也愛跟著潮流走。

諾諾一聽，立刻從阿公膝上翻身下來，跑到阿嬤面前說：「其實，我還有一位神祕嘉賓沒有公布。……」

海蒂忙問：「你的神祕嘉賓是誰？」諾諾指著阿嬤說：「是阿嬤。」

阿嬤才不上當，撇嘴回說：「你是想跟我們玩遊戲才這樣說的吧？我才不相信。」

諾諾做出神祕的表情，跟阿嬤說：「你忘了？我們有不能跟大家說的祕密。」

阿嬤納悶問：「什麼祕密？」

諾諾立刻飛撲過來，湊在阿嬤耳邊說：「我愛你啊！你忘記了？上次，我們不是已經說過了，這是我們之間的祕密，不能公布出來嗎！」

阿嬤本來就容易受騙，加上想起確實在幾個月前的午後有過那麼個耳語存在，立刻前嫌盡釋，三人開心地玩在一塊兒，演出搭郵輪去旅行的戲碼。

大人跟小孩都有情緒問題，都需要被安撫；見風轉舵也許也是一種讓自己過好日子的修為。

第九章

性情的陶冶——怎樣慢慢相互靠近？

一起散步聊天變麻吉，也藉機認識天、地、人

小孫女一星期來祖父母家兩、三回，阿公、阿嬤再忙也會撥出時間，帶著她們到處散步。最常去中正紀念堂餵魚並認識蟲魚鳥獸草木之名；也經常去附近的小公園，騎腳踏車、跑步、玩老鷹抓小雞；有時也在草地上翻滾，看天上的雲朵。如果跟著我們回台中老家，早上就去傳統市場逛逛、吃早餐；下午去附近的稻田、油菜花田看四季的變化；到開心農場看人家種菜、施肥、採收蔬菜水果。我們總是邊散步、邊聊天，邊認識

環境、土地，與鄰居們打招呼；有時在自家庭院內蒔花看鳥，學黛玉葬花，日子過得豐實多彩。

一回，牽著小孫女在家裡附近被夷為平地的華光社區原址上散步。沒了房子的華光社區，有一區一區的草地，綠油油的，大樹分散各處，白雲悠悠，陽光柔和。

未滿四歲的小孫女忽然停了唱歌，瞇著眼看藍天，愉快地大聲說：「這世界真美麗！」

我明知故問：「這世界為什麼美麗？」

小孫女愣了一會兒，仰頭天真地說：「因為有姑姑、阿嬤、妹妹、阿公，還有爸爸、媽麻、婆婆、舅舅……」她一一唱名她的最愛。

童言稚語竟將天機一語道盡！我一時目瞪口呆，驚喜地不知如何以對。小朋友不知自己情緒之所自來，可是，凝睇過偌多神奇造物的我是知道的。人類的感官和大自然的榮枯本就相互呼應，愉悅、悲傷或感動，不只來自人際的離合悲歡，在觀照自然時，往往我的情趣與物的姿態往復迴流，藍天、白雲、綠草、老樹甚至蝶飛、蜂舞、山鳴、谷應，都能為心情上色。

每個星期，阿嬤有一天必須去學校接孫女下課，阿嬤好珍惜，這個時間是屬於我們的私密時間與空間。因為公車無法直達，必須轉車。海蒂總是建議阿嬤，不必搭兩趟，就坐一程，另一程散步。阿嬤欣然接受建議。

其實距離不近，但阿嬤拉著孫女的手，一邊走、一邊聊、一邊看，感覺分外親密，時間很快就過了。海蒂會告訴阿嬤在學校發生的事，阿嬤會問海蒂一些有的、沒的問題，常常有意外的發現。

一日，經過一家賣燒餅、蘿蔔絲餅及蟹殼黃的小舖子，外頭排隊的人好多。海蒂看過幾次排隊人潮，這回頗有感慨，跟阿嬤說：「燒餅店的生意真好，我真希望爸拔媽媽的『行冊餐廳』也能有這樣多人排隊。」阿嬤聽了好感動，小小年紀就知道關心父母的生意，對家務的向心力好強！

清風吹著，雲飄著。阿嬤很振奮，隨興問孫女：「如果阿嬤老了以後，你想起阿嬤時，會想到阿嬤的什麼事？」

海蒂也隨口就說：「會想起現在這樣，阿嬤拉著我的手回家。我們一路吃麵包、餵魚、聊天，去公園跑步、看樹、看花、看白雲。」阿嬤瞿然大驚！原來生活的點滴付出，小朋友都往心裡記了。

孫女記住了這些日子，阿嬤阿公當然也都記住了。

用鏡頭捕捉人生世相

照相算是二妹的拿手絕活兒。當她們一歲多時，看到大人拿著相機或手機幫她們拍照，也反過來要求幫大人回拍。阿公、阿嬤為體現平等概念，也不吝於讓她們使用大人的相機。自從第一回嘗試拍下阿嬤跟姑姑敷面膜的可笑模樣後，孫女興味盎然地接續把老家的花花草草都收納進鏡頭中；而繼照相之後，二妹都在三歲左右學會錄影，煞有介事訪談家人並邊拍攝邊介紹四周環境；六歲去香港迪士尼樂園，甚至站在阿公的肩頭，拍下夜間的花車遊行實況。

直到適當時機，阿嬤買了個人專用相機當作新年禮物致贈，那年，海蒂三歲多，妹妹兩歲。她們好興奮，出門散步時用來拍攝美麗的花草樹木和行人汽車，訓練了她們關心環境的隻眼；在家用相機照相或錄影訪問家人的生活樣貌，時而問：「阿嬤你快樂嗎？」時而對著書架上擺放的照片問：「阿公，這是你的媽媽嗎？她在哪裡？」無形中增進她們對家人的關懷與理解。鏡頭由倒錯、搖晃、直到穩妥；從傻傻拍下零落的身影，到可以調度被攝者的方位與角度；由一鏡到底直到自我探索得知 zoom in 跟 zoom out 的運作奧妙，讓大人們見識孩童的成長與進步。

阿嬤則用相機及手機，錄下了小朋友的一顰一笑，同樂的舞蹈、開心的歡唱，生日的慶祝、吹蠟燭後的願望表達……並用文字記錄了看似瑣碎卻足資回味的成長點滴。她們好喜歡像老人一樣，在電腦上看阿嬤的臉書和阿嬤記錄她們成長的散文集，回味她們的「小時候」。

觀展與畫畫最能怡情遣興

關於看展，海蒂有印象的是去淡水參觀林耀堂伯公畫作的展出，當時兩歲四個月大，因為人潮洶湧，被嚇得一直拉著阿嬤往外走。諾諾有印象則是在三歲整的中正紀念堂的鄭善禧畫展。鄭先生的畫充滿童趣，原本讓她們興味盎然，卻因紅龍拉得太矮，海蒂沒看見不小心絆倒，被嚴厲的志工斥責而嚇得魂飛魄散。從此對觀展心存戒心。

阿公一向相信小朋友從小有機會接近美，將來受惠無窮。雖經上述兩次挫折，他沒死心，一知道席慕蓉大姊在淡水雲門展出一幅荷花，又躍躍欲試。尤其展場是雲門練舞的地方，小朋友天生喜愛跳舞，就又起意去雲門看看，看畫兼看練舞。

兩個小朋友聽說去淡水看跳舞的地方，興致勃勃，一路精神抖擻。從初始的微雨到後來的雨停，她們都很能自得其樂。半日的淡水行，搭了捷運、去了雲門，在暗室中屏息看了美麗的荷花，在雲門前的大片綠地上看螞蟻，還翩翩起舞；也到咖啡店喝了咖啡、吃了點心；又逛了淡水老街，嚐了阿給。最後，還在捷運站旁的一個小台上又忍不住展示了舞姿，引得行人駐足。

兩個小朋友事後都說：「太好玩了，我們下次還要再來。」郊遊為主，觀畫為從的活動，讓稚齡的孩子沒有嚴肅的壓力，她們一掃昔日觀展的陰霾，愛上了看展。

沒多久，聽說《窗邊的小荳荳》的插畫作者岩崎知弘，正逢百歲冥誕，她的插畫原作就在我們的歷史博物館內展出。阿公說岩崎知弘的畫很可愛的，小朋友應該會喜歡。

果然，那些沒有勾線條、光是用水彩直接暈染的畫作，不管是花或小人兒都超級卡哇伊。畫者曾歷經二戰和越戰，見過戰火中的小孩所受的苦，所以畫作充滿人道精神，真的很適合小朋友們觀賞。

布展單位很有心，還規劃了適合大人和孩子的互動體驗區，可以和畫作一起拍照，可以在設定的牆上塗鴉，有小桌、小凳子，畫筆、畫紙提供小朋友好好坐著畫畫，也提供中、英、日語發音的聽故事耳機……

海蒂和諾諾凡事參與，開心地坐下來畫了幾張圖畫，也在牆上塗鴉，更遍聽三種語言的故事；和大幅畫作一起照相當然更不在話下。臨走，還要求各買了一本繪紙本，要好好回去大展身手，跟岩崎知弘奶奶一樣。這是海蒂五歲多、諾諾三歲餘的事。那次的觀展，效果極佳。那本買來的畫冊，開啟了海蒂極大的畫圖興致。

過了幾個月，我們又帶她們去歷史博物館觀賞盼望已久的「過盡千帆——王攀元繪畫藝術展」。王先生的畫風孤寂簡逸，具非常安靜的氣質。大片的寫意顏料中，有三兩筆具象的風帆或人物居中或藏在角落。一張圖，大大的天空中，小小一隻兩撇的鳥，快六歲的海蒂說：「阿嬤來看海鷗。」阿嬤湊上前去看說明卡片，果然是海鷗，一字不差。

其後，海蒂跟著阿公走，諾諾牽著阿嬤的手逛。四歲整的諾諾對黑白水墨不感興趣，獨鍾水彩。她邊看畫邊跟阿嬤說：「你考我好了？」「考什麼？」阿嬤問。「隨便考什麼都好。」於是阿嬤由簡單而複雜，先問顏色，再問人數，有些隱約的色調所勾勒的人物，她都敏銳地察覺了。

再問內容：「這張圖畫了什麼？」「畫天空。」「畫花朵。」「畫池塘。」然後，她歸納：「畫最多的是紅色的太陽。」

果然，放眼看去，好多圖畫中都藏著或隱或現的紅色太陽。阿嬤補充：「還有海洋和帆船也很多。」

一張望月的圖，左上角一小圈光影，右下角一人抬頭。她說：「有人抬頭看月亮。」為什麼看月亮啊？「因為想念。」想念誰啊？諾諾猜測：「是朋友嗎？」阿嬤說：「也許吧。」

諾接著怯怯地問：「會是想念死去的人嗎？」阿嬤低下頭，諾接著說：「阿嬤是想念死去的姨婆嗎？」

接著，我們問了工作人員，可以拍照嗎？得到首肯後，每人各找一幅最喜歡的畫一起拍照。海蒂找了一張小小的女性裸舞圖；諾諾找到最大幅的黃色調荷梗；阿公挑了粉紅畫面下方有隻小黑狗的；阿嬤喜歡人多的，找了張婦女圍坐圖。館方人員幫我們在阿嬤挑的圖前拍了合照，海蒂故意扮出孟克吶喊的表情，結束了觀賞行程。

幾次觀展下來，因為由淺入深，且參觀完畫展還有後續的其他遊樂活動，小朋友一路都興致勃勃，回家後還津津樂道，看起來對畫作的理解也越來越有心得。她們開始勇於提筆作畫，甚至開始動手自製繪本，他們畫自編的故事，由阿嬤幫忙將她們口述的內容打字進一張張的畫裡，印出後，他們自己裝訂，一手包辦，好有成就感。

角色扮演，體認深刻人情

二妹熱中扮演，成天像導演似地給大夥兒分派角色：「阿嬤，你當媽媽；姑姑，你當陌生人。」每天的排演的情節都各有增刪：姊姊像導演一樣指派扮演角色，角色也日日更換。她們小時候特別鍾愛演出陌生人騙小孩的遊戲。先是母親叮嚀小朋友在公園等候，她去附近買東西。接著陌生人用糖誘惑小朋友，小朋友不上當，拒吃陌生人遞過的糖果並呼救，這是原始版本。

因為劇情單薄，情緒無法得到充分滿足，海蒂開始顛覆情節，先是讓小妹妹對糖果完全沒有抵抗力，堅持收受糖果卻拒絕跟著走，喊救命，然後得救；幾次之後，小妹妹轉成不堪誘惑，吃了糖，溫順跟著陌生人走。接著劇情無限增生，隨著一次又一次的排演，逐漸「走鐘」（偏離主題）。好像從第五個星期起，海蒂居然要陌生人打電話讓她跟媽媽說話：「我是海蒂，我在陌生人這裡，請來救我。」然後讓陌生人跟媽媽（也就是阿嬤）談判，陌生人擺明：「我要五百萬。」媽媽哭著帶錢去救人。

過了好幾星期，阿嬤扮演的媽媽實在太累了，不想去救人，跟陌生人說：「我沒有錢，小朋友就送給你們好了。」海蒂錯愕，忽然自行掙扎，奮力衝刺，越過陌生人虛弱的阻攔，成功脫困。海蒂興奮極了，說：「成功了，我們再來一次。」這回，連演陌生人的姑姑都無力了，把糖果藏了，說：「陌生人沒糖果了。」小朋友精力充沛，創意無窮，這樣的扮演，激盪了她們的創意與腦力，訓練出說故事的能力。

另外，生活裡和戲劇裡的人生時相重疊。譬如：阿公給海蒂添了一口旅行用小行李箱，海蒂興奮地推過來推過去，並聲言次日要用新行李箱將上星期帶回清洗的小被子裝箱推去學校，「給同學們看！」她高興地補充。

阿嬤在書房裡邊做功課，邊偷聽她們爺孫倆的對話。

「海蒂明天去學校，還是背原來的背包比較妥當吧！」阿公說。「為什麼？」海蒂問。

「因為你去上學得搭公車，上上下下的，推著行李箱不方便，也會妨害別人。如果走路就比較沒關係，這樣你知道嗎？」阿公像跟大人講道理般認真，阿嬤聽了好感動。「可是，我要去開會哪。」海蒂也像大人一樣回答，戲劇於焉開始。

「開會？你要去開會？」阿公丈二金剛摸不著頭腦。海蒂一派正經：「是啊！我明天要去學校跟校董姑姑開會。」

話一說完，人已進了書房，對著書房內的阿嬤說：「保母！我要去開會了，請不要給我的孩子吃太多餅乾，要記住。」

阿嬤還沒轉過腦筋，就看她眼神認真地又說：「我現在是媽媽，我要出門去開會了，你要好好照顧我的孩子哦。」阿嬤反應快，趕緊配合著融入戲中，說：「我不會給她們吃巧克力的，請老闆放心好了。」然後，還模仿她這些天來對所有要出門的人說的台詞：「你出去的時候，走路要小心哦。」她很流利地回說：「我知道了，請你放心吧！」然後，昂首闊步地走出書房。類似的時事劇，每日翻新，好精彩，我們當她在預習人生。

隨著年齡的添加，閱歷的增長，戲擬的情節，越來越繁複。配合各式玩具組合，玩不同戲碼。而透過這些遊戲及角色扮演，小朋友學會各項的知識，醫生組遊戲有聽筒、針筒、藥水瓶、健保卡……她們在遊戲中學會掛號需繳交健保卡、打針在醫院現打，吃藥回家配溫開水，問診的程序、語言，收費需拿收據，每一道程序都唯妙唯肖。家事組遊戲除了學會炒菜程序：爆香、撒鹽、蒸煮、燙菜，還知道要就人數斟酌食物的分量與種類，洞悉餐飲禮儀。最近因應阿嬤去搭郵輪旅行，他們也開始玩起搭郵輪遊戲。從事先買船票，到叫計程車去火車站，轉搭火車到基隆，排隊上船，然後驗護照、取房卡，到樓下參加說明會；或在甲板上吃冰淇淋、游泳；到包廂唱卡拉ＯＫ；去大廳看表演，餐廳吃自助餐及點餐……面面俱到。她們跟上時代的風潮，阿公阿嬤因為被迫參與，也因此變得年輕而有朝氣。

學以致用之必要——文字不是獨立王國，是讓生活更容易

姊姊海蒂看到了一封她媽媽寫給阿嬤的感謝卡片。好奇地問卡片的作用與內容，她沉思片刻，問：「感謝就可以寫信嗎？」「是啊，不好意思當面說的話可以用寫的；如果太遠了不容易見面，也可以寫信，請郵差幫忙送去。」

海蒂忽然跟阿嬤說：「那我也想寫一封信，可是我不會寫字。」阿嬤熱心表示願意代筆，免費提供服務。她說她想寫信給她的兩位好朋友Brooke和QQ。於是，她口述，阿嬤記下。以下就是她平生寫的第一封信：

「Brooke&QQ：

謝謝在我家裡玩醫生組遊戲。我要做一個飯糰給你們兩個吃。海蒂敬上」

她還在信的後方畫上愛心和飯糰。那時，海蒂三歲五個月大。這封信後來經阿嬤

徵詢同意後，發布在臉書；海蒂的朋友Brooke和QQ也請她們的媽媽代為在臉書上回覆，小朋友都樂壞了，她們也上了社群網站按讚了。

沒料到海蒂嘗到了書信卡片溝通的好滋味，一個月後，決定再接再厲。一個下午，妹妹睡著了，百無聊賴的她在姑姑的陪同下，畫了一張彩虹。興高采烈拿了圖畫到書房，跟阿嬤現寶：「這是我要送給妹妹的彩虹。」這次，她想親力親為。於是，讓我抓著她的小手，複寫了她唸的句子：「送給諾的彩虹　海蒂敬上十二月二十七日。」文字開始在她的生命歷程中起了作用。

等海蒂上學後，學校教了注音符號，她立刻用學來的本事，朗讀有注音符號的繪本書給妹妹聽；甚至在某一個黃昏，幫阿嬤洗完菜後，將椅子移到廚房的白板前，問阿嬤要做什麼菜。阿嬤邊說，她邊用注音符號記下阿嬤那晚做的菜名，最後還併用加法，記下總共有五道菜，簽上她的名字和年級班別。雖拼音出了一個小錯誤，日期的年月日也分散各角落，沒集中在同一處，但內容清晰、字跡清麗。阿嬤很激賞海蒂能如此學以致用，大加讚美。

後來，有一回，她口頭要求阿嬤帶她們去公園騎車。阿嬤正在電腦上寫文章；她見口說無效，靈機一動，到一旁去寫了張用注音符號拼寫的「ㄚ ㄇㄚˋ，ㄅㄞˋ ㄊㄨㄛ ㄚ

ㄇㄚˋ ㄌㄚˇ，ㄆㄟˋ ㄨㄛˇ ㄑㄩˋ ㄍㄨㄥ ㄩㄢˊ ㄨㄢˊ！」還彌封起來，在信封上寫上「ㄚ ㄇㄚˋ ㄕㄡ」阿嬤看她如此用心，誠意十足，不忍掃興，趕緊應命。她見寫信的功效勝過口語，從此天天練習，不只給阿公阿嬤寫信，還不時寫下盼望姑姑早點下班的心願跟對父母的感謝，讓家人好感動。

學以致用讓學習產生實質功效，她開始喜歡寫字、作文。

結語

小孫女教會我的事

如果強者無視於弱者的感受與處境

小孫女長到六個多月時，自主意識抬頭，只要看到我的相機靠近，立刻撇過臉去，不苟言笑地瞧向另一邊，絕對不看鏡頭。這樣的發現，讓我心頭大驚！先前還以為是偶然，後來屢試不爽，才知她真的是有意識的反對，我到右邊她就轉向左邊；我跑到左邊她就轉過右邊，我猛然意識到原來我正以「愛」之名行霸凌之實；而她有口難言、無力對抗，只能用看似不禮貌的方式回應。

小孫女漠然把臉移開的動作，讓我領悟當勢力不均等的狀況下，要求弱勢講究禮貌真是太奢求了。畢竟禮貌與否端視雙方的認知，如果強者無視於弱者的感受與處境，光拿權勢威嚇屈服，應該也不能太責怪弱勢者沒有禮貌。

教育的確得謹小慎微

小孫女長到一歲又四個多月時，還不會說話的她只是好奇偏頭端詳阿公臉上的壽斑，卻對著我手腕上新出現的紅色蚊叮發出心疼的「呼呼」憐惜聲！她已然開始學會分辨阿公臉上原本存在的自然壽斑與阿嬤手上新增傷口的疼痛，並開始學習如何去表達愛。這種人格氣質的涵養，半由生性的敏感細膩，半由父母的後天提點教養。此種天真的體貼，一如我對寫作練習的觀察，同樣都是一連串敏感、發現、思考、辨別和「愛」的履踐過程，常常隨著大人的鼓勵而越臻美善，卻也可能被無心的粗礫對待所折損。幼兒的人格往往因此一點一滴逐漸被形塑，並各自走出不同的人生，教育的確得謹小慎微。

大人得學會蹲下身子，站成跟孩子一樣的高度

當小孫女一歲五個月時，我帶她去參觀木柵動物園。在緊挨著的人潮中，我指著樹梢上的鳥兒給她看，她卻彷彿無感地只顧盯著低處，等人群稍稍鬆散，我蹲下身子，赫然發現地上原來也有許多隻鳥兒走來走去地啄食。因為高度不同，小朋友的眼珠子停駐在跟大人不同的視點是理所當然的。同一區內的鳥兒，我看飛上樹梢的，她看飛下地面的，我老以為她反應慢，不斷地用手指輔助提醒，搞得她好不耐煩。稚齡的小孫女不會說話，但她用眼神教會我：孩童個子小，視點低，看到的風景跟大人不一樣，大人得學會蹲下身子，站成跟孩子一樣的高度，才不至於雞同鴨講，各說各話。

不同的場域有著不同的分工，無分主從，須相互幫襯

孫女兩歲時，剛學會簡單的表達。我跟她一起閱讀唱遊繪本，我的眼光經常追隨著文字描摹的故事情節轉進，只注意到文字中提到的角色——小恐龍、小黑熊及來襲

的猴子；小孫女卻常用手指比畫並詢問我文字中沒有提及卻在畫面角落出現的看似無關緊要的配角，譬如躲在一旁偷覷的小青蛙、天空飛著的小鳥、兩隻結伴觀看的小兔子……因為孫女無分角色輕重的關心與注目，故事平添許多視角，使得畫冊更顯豐富靈動、逸趣橫生。我從童子的閱讀行為裡學到眾生平等的概念，即使只是路人甲的旁襯角色也都不該被忽略，生活中的每一個人都在不同的場域有著不同的分工，時而為主，時而為輔，相互幫襯，卻是同等重要。

多元概念的形成

孫女獲贈一枝小風車，因為年紀尚幼，無法像大人一樣吹動，每次噘嘴使力吹，都只吹出一地的口水，風車就是文風不動，阿嬤怎麼示範、怎麼教都徒勞無功。

她不經意拿著小風車經過正放送涼風的電扇前，風車竟迎風快速轉動起來，孫女開心地歡叫：「阿嬤！你看！阿嬤！你看！」阿嬤看她如此開心，也跟著大笑開來。又經一日，孫女又驚喜跑進書房，開心地要阿嬤看，她用手撥動風車的扇葉，風車也動了起來，她興奮地發現風車原來不只用嘴吹才會滾動，也可以用手動，更可以用電風扇搧。我從兒童的創意發現中，領略多元概念的創意，很多的事，解決之道都不止於一種，只要設法開發腦力，創意就源源而來。

在天上開趴的榮枯啟示

二姊離開人世後，我久久無法從悲傷裡恢復。一日，最喜歡二姨婆的小孫女諾諾，隨手畫了一幅藍、黃交揉的抽象畫，拿過來展示。問她畫什麼？她毫不猶豫說起畫裡的故事：

「風吹著，樹上的葉子在天空飛啊、飛地掉下來，變成枯葉。枯葉在地上開party，開著、開著，又被風吹起來；風吹著、吹著，枯葉變成小鳥；小鳥飛啊、飛的，又在天空開party。」小孫女這一席話，讓我靈光一閃，想起人生榮枯起落，不也是如此：時而為枯葉，時而飛升成小鳥，無論是人間或天上，都一樣可以歡樂開趴。這個枯葉飛升成小鳥在高空歡喜開趴的故事，對猶然沉浸在二姊往生的悲傷中的我，真有振聾發聵的鮮明啟示。

晉身為祖母後，我有幸陪伴孫女成長。少了為人父母的養育焦慮，多了份旁觀的怡然，較有餘裕與閒情來觀察小朋友的言行舉止，深刻感受生命的奧義，這些都是小孫女教會我的事。

人生顧問 374

家人相互靠近的練習

作　者—廖玉蕙
主　編—李麗玲
校　對—林芳妃
責任企劃—金多誠
封面暨內頁設計—連紫吟
內頁排版—立全電腦印前排版有限公司

總 編 輯—曾文娟
董 事 長—趙政岷
出 版 者—時報文化出版企業股份有限公司
一〇八〇一九 台北市和平西路三段二四〇號七樓
發行專線—（〇二）二三〇六—六八四二
讀者服務專線—〇八〇〇—二三一—七〇五
（〇二）二三〇四—七一〇三
讀者服務傳真—（〇二）二三〇四—六八五八
郵撥—一九三四四七二四時報文化出版公司
信箱—一〇八九九臺北華江橋郵局第九九信箱

時報悅讀網—http://www.readingtimes.com.tw
電子郵件信箱—new@readingtimes.com.tw
法律顧問—理律法律事務所 陳長文律師、李念祖律師
印　刷—盈昌印刷有限公司
初版一刷—二〇一九年八月十六日
初版三刷—二〇二〇年九月十日
定　價—新台幣三二〇元
（缺頁或破損的書，請寄回更換）

時報文化出版公司成立於一九七五年，
一九九九年股票上櫃公開發行，二〇〇八年脫離中時集團非屬旺中，
以「尊重智慧與創意的文化事業」為信念。

家人相互靠近的練習 / 廖玉蕙著. -- 初版. -- 臺北市 : 時報文化, 2019.08
面； 公分
ISBN 978-957-13-7916-6(平裝)

863.55　　108012637

ISBN 978-957-13-7916-6（平裝）
Printed in Taiwan